前略、殺し屋カフェで働くことになりました。

By the way, I decided to work at a killer cafe.

竹内佑

Ill. イセ川ヤスタカ

鉄火《てっか》
「いいから早く選んで？

逃げるのか、死ぬのか」

「張り切っていきましょーっ」

紙魚子《しみこ》

「フヤラの辞書に不可能の文字はありません」
フヤラ
電気羊
「ここは普通の店じゃない。
法律なんて関係ない」
春姫《しゅんき》

「だ、誰っ？」

湯気の奥からそんな声が聞こえた。

俺は素早く視線を床から上へ移動させる。

なまめかしい肌色の足の上には、
美しい曲線を持つ体と、黒く長い髪が見えた。

「て、鉄火！」

「し、閉めろ、早く！」

Epitaph
殺し屋喫茶・エピタフ
今日も通常営業中!

Contents

Welcome to
an unusual cafe.
I will give you
an exciting experience.

design 百足屋ユウコ+たにごめかぶと(ムシカゴグラフィクス)

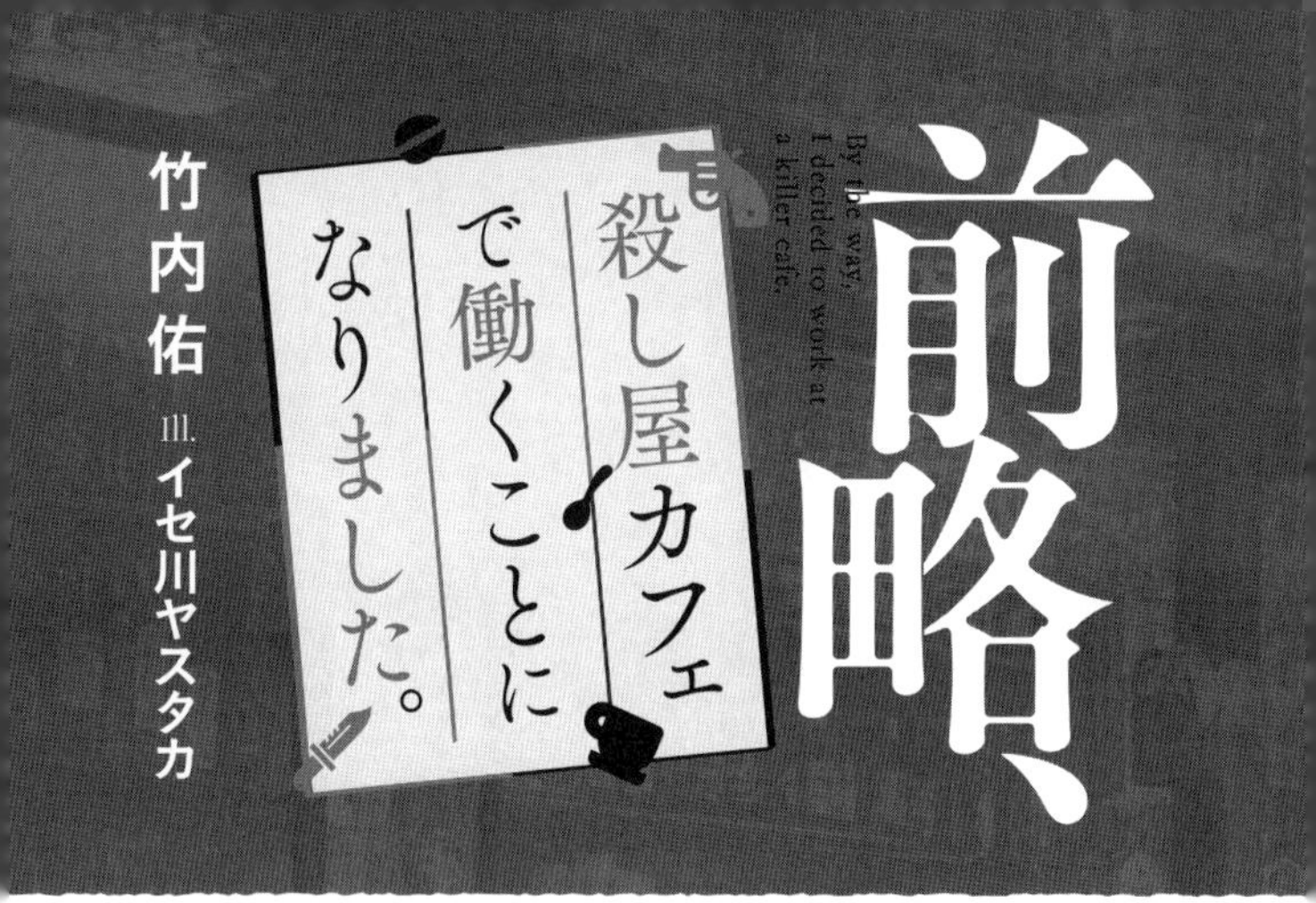

キャラ紹介

高《たか》柳《やなぎ》迅《はや》太《た》

不幸な事に殺し屋喫茶・エピタフで裏稼業に関わる事になってしまった少年。

鉄《てっ》火《か》

殺し屋喫茶のメンバー。標的の記憶を無くす技を持つ。

春《しゅん》姫《き》

殺し屋喫茶のメンバー。戦闘担当の無頼派。

紙《し》魚《み》子《こ》

殺し屋喫茶のメンバー。情報担当で、暴けない情報はない。

フヤラ

殺し屋喫茶のメンバー。仕事用のガジェット作成担当。

四《よっ》日《か》市《いち》

殺し屋喫茶の店長。仕事を取り仕切っている……ハズだが彼女らの監督に手を焼く。

アバラ

殺し屋喫茶のオーナー。

プロローグ

「……殺すしかないと思う」

暗闇の底から聞こえてきたそんな言葉で、俺は意識を少しだけ取り戻す。

手足を動かそうとしたけどピクリとも動かない。脳は？　かろうじて壊れていないように思う。

まず名前だ。高柳《たかやなぎ》迅太《はやた》。十五歳。高校一年生。大丈夫。記憶もある。

目を開けようとしたけれど瞼《まぶた》はまだまだピクピクと震えるだけで言うことをきいてくれそうもない。それになんだか鼻の奥も少し痛い気がする。一体何があった？　ここはどこだろう？

「……予定外のことだったんだから仕方ないじゃない」

それと、さっきから聞こえるこの声は一体？　透き通った女性の声。誰かと話しているようだ。果たして誰と、なんの話をしているのだろう？

「……時間がないのよ」

「殺すことに反対しているわけじゃない。ただ、独断では決められない、と言っているだけだ」

「遺体の処理だってお金がかかりますしね……」

次々と聞こえてくる不穏な言葉。背中にじっとりと冷たい汗が広がる。

殺されたくない！

そう強く願った瞬間、光が飛び込んできた。瞼がようやく、薄く開いたのだ。まだ小さく痙《けい》攣《れん》する瞼の間から、誰かの顔がぼんやりと見える。

眼球の筋肉が素早く動き、ようやくその像を結びつけると、そこには、整った顔立ちの少女がこちらを見下ろしていた。

「でも、やっぱり殺すしかないと思うの」

一体、俺が何をしたというのだろう？

一章　前略、殺されることになりました。

1

これまでの事を思い出す。

幼い頃に事故で亡くなった両親の代わりに俺を育ててくれた、じいちゃんとばあちゃんに別れを告げて小金井市《こがねいし》に引っ越してきたのが二週間前。

今後通うことになる高校への雑多な手続きなんかもすぐに済ませ、ごく平和的な三年がこの先待っているはずだ、と安心したのが昨日の晩。

まだ俺には、下宿先のアパートと学校、及びコンビニとスーパーを繋《つな》ぐルートしか行動範囲がなかったため、ここらで多少広げるのも悪くないと思い立ったのが数時間前。

四月の半ばとはいえ、夜はまだ肌寒い。上着を羽織り、外へ出た。

今回は自分の足で自分の住む街を踏みしめるという行為に集中しよう、と決めたため、スマホは置いて小銭入れだけを持って歩くことにした。

「……もしどうしても帰れなくなったら、中央線の高架下を目指せばなんとかなるはず」

と、自分に言い聞かせ、俺は探索するべく歩を踏み出した。

頭の中で地図を描きながら夜の小金井市を歩きまわり、もうそろそろ帰宅しようかな、と考えていたその時。

アーケードが見えた。

住宅街の真ん中にひっそりと、小さなアーケードが口を開けている。弱々しい蛍光灯《けいこうとう》に照らされたそれには、『日の出商店街』の文字がギリギリ読めるくらいのかすれ具合で残っていた。

俺はその弱々しい蛍光灯の下へと吸い寄せられるように近づき、アーケードをくぐった。

「これは……商店街というより……裏通りでは？」

まず狭い。人が一人ようやく通れるか通れないかくらいの幅しかない。そして短い。恐らく十五メートルくらいしかない。たったそれくらいの道路を挟むように、いくつかの店が立ち並んでいる。精肉店、青果店、古本屋、喫茶店……一軒ほど営業している居酒屋とスナックがあったが、それ以外は全てシャッターが下りていた。

その小さな商店街の突き当たりにあったのは、小さな廃劇場だった。正面右に下ろされたシャッターは、錆《さび》に塗《まみ》れており、『回座《まわるざ》』の文字が読める。

正面左には地下へ降りていく階段が延び、その入り口は受付の窓が木の板で閉じられていた。受付の窓の下で、尻尾《しっぽ》の先端が銀色の黒猫が丸くなっていた。

「……ここの管理人さんですか」

「――ニャー」

猫は小さく鳴くと、煩《わずら》わしそうに立ち上がり、のんびりとした足取りで暗闇に消えていった。

もうこの劇場は何年も営業していないであろう。

子供の頃、じいちゃんに一度連れて行ってもらった、小さな劇場の事を思い出していた。

地元の大学のサークルが演劇公演をしていたのだった。物語の意味は全然わからなかったが、面白かった、という記憶は残っていた。

そんな記憶に引っ張られるように、目の前に延びる劇場の地下へと続く階段を降りていった。

今思えば、それが初めの間違いだった。


劇場の扉はあっさりと開き、一歩中へ入り込むと――声が聞こえた。

弱々しく、短い声。

まさか人がいるとは思っていなかったので、思わず叫んでしまうところだった。

聞き間違いだろうか？　でも、今のはもしかすると――再び声。

間違いない。あれは――誰かの呻《うめ》き声だ。

まだよく知らない町の、全く知らない建物で聞こえた呻き声。

普段の俺なら真っ先に飛び出して逃げている。

しかし、そこが劇場だったためだろう。昔じいちゃんに連れて行ってもらった芝居の帰り道に、じいちゃんが言っていた言葉がふいに思い出された。

——助けを求めている人がおったら、その人に手を伸ばせる人にならなきゃ駄目だぞ。

もしこの中で、誰かが苦しんでいるのだとしたら——。

絶対に関わるべきじゃない。そう頭ではわかっていても、足は声の方向へと進んでいた。

これが二つ目の間違いだ。


劇場内は、当たり前だが暗かった。

公演こそ打たれていないようだったが、まだ電気は通っているらしく、細長い通路の奥に、オレンジ色の光がぼんやりと見える。呻き声はそちらの方角から聞こえていた。

細長い通路を抜けるとこぢんまりとした舞台が見え、薄暗い舞台照明の下、人が倒れていた。

顔が血に染まっているのが見えた。

恐怖心はそこでなくなり、なんとかしなければ、という思いのみが頭を占め、思わず駆け寄った。

「だっ大丈夫ですか？」

「ううっ……だ、誰だ？」

人物は男性であった。

「とっ、通りすがりのものですが」

幸い意識はちゃんとあるようで、ひとまず安心した……のもつかの間。その男性の顔面の左半分に、大きなタトゥーが入れられているのを確認してしまう。そのタトゥーは耳にまで施されていた。

恐らくだがこの方、堅気ではない。しまった。面倒ごとに巻き込まれそうな予感が怒涛《どとう》のように押し寄せて来る。話しかけたことを後悔しはじめていたが、後には引けなくなっていた。

「……近寄るな」

男性は辛《つら》そうながらも鋭い視線をこちらへ向けて来る。

「えーと、きゅ、救急車を呼びますね」

思わず目を逸《そ》らしてポケットを探るが、スマホは置いてきたのだった。

これが三つ目の間違い。

「いらん。早く、失せろ……」

「で、でもですね」

「あ?」

タトゥーの男は血で赤く染まった目で睨《にら》みつけて来る。

「あ、いえ、わかりました！　いわゆる、救急車を呼ばれて、病院などに担《かつ》ぎ込まれては、お兄さんが困る、と。いわゆるそういう状況な訳ですよね？　わかります。あの、よく映画とかで見る、その後取り調べとか受けると困るパターン」

恐怖心を打ち消そうと、口から言葉が溢《あふ》れてくる。

余計な事はせずに、言われたとおり、すぐに逃げていればよかったのだ。

「あの、せめてと言ってはなんですが、小銭を置いておきますので、これで、お水などを買ったりするといいかと思います。あ、あの、施しとかそういう意味のあれではなく」

震える指先で小銭入れから数枚出しながら意味不明の言い訳をする。

「……いいから早く失せろ。巻き込まれる前に、消えろ。殺されるぞ」

冗談やかっこつけで言ってるようには聞こえなかった。背中に百足《むかで》が貼りついたような感覚がして全身が一瞬大きく震える。

「そ、それじゃ、あの、お元気で」

その直後。

背後から布のようなものが突然現れ、俺の鼻と口を覆った。

何事？

「動かないで」

そんな声と同時に鉄同士が激しくぶつかり合う音がして、視界の端に火花が飛び込んできた。

タトゥーの男が激しく痛みを訴える声が響きわたる。

驚きのあまり大きく息を吸い込んだ瞬間、ブラックアウト。

2

で、今に至る。

こうして何があったかを思い出しているうちに、意識も段々はっきりとしてきた。

三つの間違いを重ねた結果。恐らくあの時、何者かに薬品のようなものを嗅《か》がされ、気を失った俺は、ここに運び込まれたのだ。そして今、その俺の処分をどうするべきか、声の主である少女が決めようとしている、と。

「やっぱり殺すしかないと思うの」

他に選択肢は無いのか。

「まあ、落ち着くんだ、鉄火《てつか》」

ここで、今まで彼女――鉄火という名前らしい――と話し合っていたであろう男性の声が耳に入ってきた。

「殺すだの、殺さないだの、さっきから物騒すぎる」

その通り。絶対に殺さないで欲しい。

「そもそも、彼がどうしてあんなところにいたのか、それがちゃんと判明してからだ、殺すのは」

結局は殺されるのか？　俺に残されている選択肢は、果たしてどうやって死ぬのか？　くらいなのか、もしかして。

「ところで――まだ、彼は目覚めないのか」

その言葉に心臓が跳ね上がりそうになる。

なぜなら、俺自身は先ほどからもうすっかり意識が戻っているからだ。

「分量と用法を正しく使ったため、そろそろでしょう」

やや舌足らずな声が答える。先程まで聞こえていたのとは別人のようだった。

一体今、ここには何人いるのだろう？

「時間がないわ。もう起こしてしまいましょう。えーと、思い切り殴りつければいいのだっけ？」

いいわけないだろ。二度と目覚めなくなっても知らんぞ。

手を上げて起きている事を知らせようと試みたが、全く力が入らなかった。

「駄目だ。おい、フヤラ。何か手はあるか」

「混沌《こんとん》でよければ。今週の、びっくりどっきりデバイス」

落ち着いた声の男性が、舌足らずの女の子に話しかけたその後。

突如、鼻の下に刺激臭がして、思わずそれを吸い込んだら目の前が真っ白になり咳《せ》き込んだ。

「おわー！　ゲホッ！　ゲホゲホッ！」

な、なんだ、何をされた今？

咳《せき》と涙と鼻水が止まらない。とにかくひどい事をされたということだけはわかる。毒ガスを嗅《か》がされたのだろうか？

「おいおい。――大丈夫か、君」

「はあっはあっはあっ、こ、殺さないで下さい！」

何とか呼吸を整え、涙を拭《ぬぐ》うこともせず、鼻水は止まらないままに、叫んだ。

「――聞こえていたのか」

男性がため息をついた。

「殺さないで……お願いですから、こ、殺さないで下さい……」

そう願うのも虚《むな》しく、徐々に呼吸は短くなり、やがて心臓と共に止まってしまうのだ。というイメージが頭から離れなかった――が、どうやらそれだけのようだった。

呼吸はやがて落ち着き、心臓も止まる様子はなく、むしろ鼓動は速いままだった。

「殺したのではない。起こしたのだ。まずは落ち着きたまえ」

その言葉に少しだが安心する。腕も少しだが動かせるようになっていたため、横になったまま涙を拭《ふ》き、今いる場所を見る。板張りの床に、年季の入った木材が張られた壁。暖色系の間接照明と、いくつかの観葉植物、そしてこの匂いは――。

「……コーヒー？」

「その通り。待ちなさい。今ちょうど淹《い》れているところだ」

大きめのカウンターの向こうで、背が高く、髪をオールバックにし、色の薄いサングラス姿の痩《や》せた男性が落ち着いた声でそう言った。彼の手元には、コーヒーの入ったサイフォンが見える。

　カウンター、観葉植物、いくつものテーブルと椅子《いす》……ここはもしかして、喫茶店なのだろうか？

「起きたということで、タスクはクリアされました」

　突然耳元で舌足らずな声がする。思わずそちらを見ると、金髪の少女が、楽しそうな笑顔を浮かべていた。手には、茶色い小瓶《こびん》とハンカチのようなものを持っている。

「待ちなさい、フヤラ」

　俺の正面に腰をかけていた黒髪の少女が、フヤラと呼ばれる金髪の少女を止める。

「なんでしょう、鉄火《てつか》？」

「それは一体、なんですか？」

　鉄火は、フヤラが手にしている小瓶を指差して問いかけた。

「ふっふーん。これはですね、今週のびっくりどっきりデバイスです」

「なるほど、答えになってないわね」

「ディテールを説明するのであれば、これは、フヤラが先日開発しました、気付け薬の役割を果たすデバイスです」

「それは見ていたからわかるわ。そんなことよりも、彼、さっきから鼻水が止まらないみたいだけれど、あれは大丈夫なの？」

そう。咳《せき》と涙は治まったものの、鼻水だけが蛇口を捻《ひね》ったようにとめどなく流れ続けているので俺はさっきからまともに話すことも出来ない。

「……失神状態から目覚めたがゆえの代償ということで」

「なら仕方ないけど」

とりあえず本当に毒ではなかったようだ。


ようやく身体を起こすことができた俺が寝かされていたのは、大きな黒い革張りのソファの上で、ご丁寧に毛布をかけてもらっていた。その前に設置された丈夫そうな木のテーブルの向こうには学生服姿の鉄火《てっか》が腰をかけ、カウンターの向こうにサングラスの男性が立っている。別のテーブル席には部屋着姿のフヤラがあくびをしながら着席していた。

「よし。取りあえず目覚めたということで、まずは会話から。とりあえずあなた、なんであんなとこにいたの？」

鉄火が大きな目を細めながら睨《にら》みつける。

綺麗《きれい》な黒髪が、透き通るような白い肌の上で揺れた。

「――まずは名前だろう。お互い自己紹介もしないままなら、それは会話でなく尋問だ」

サングラスの男性が目の前のテーブルに淹《い》れたてのコーヒーを置いてくれた。

「私は、四日市《よっかいち》という。――飲みたまえ。大丈夫。変なものなど入ってやしない」

四日市がサングラスの奥から睨む。

「……こ」

「ん？」

「こ、殺さないで下さい」

「だめよ。殺すわ」

鉄火が形のよい唇《くちびる》を開き冷たく拒絶する。

泣きそうだ。

じっと、目の前のコーヒーを見つめる。ソーサーに茶色い染みがついていた。指で拭《ぬぐ》ってみたが、染みは取れなかった。随分前からついているのだろう。

その染みが、自分の命と重なって見えた。

きっと彼らは、この染みを落とすときと変わらぬ表情で俺の命も奪ってしまえるのだろう。

――いやだ。

ソーサーも染みも話すことは出来ないが、俺はそうじゃない。いつまでもめそめそと同じ言葉を繰り返しているだけでは事態は変わらない。抗《あらが》わなくては。

殺すよりも、生かしておいた方がいくらかましかもしれない――そんなふうに状況を持っていく事が可能かどうかはわからないが、何もしないままに殺されてしまうのだけはごめんだ。

俺は覚悟を決め、コーヒーを一気に流し込んだ。鼻にティッシュを詰めていたため、味はほとんどわからなかったが、少しだけ感じた苦味と熱さが力をくれた。

3

「さて——」

目の前の席に座った鉄火《てっか》が仕切りなおした。

「会話の続きをしましょう。まずは自己紹介ね。私は、鉄火、と呼ばれているわ。で、あなたは？」

「えと、俺は」

「高柳迅太《たかやなぎはやた》」

突然背後から名前を呼ばれた。

驚いて振り向くと、後ろのテーブル席でクラシックスタイルのメイド服に身を包んだ、ショートカットの小柄な少女がノートパソコンを叩いていた。

いつから？　ずっとそこにいたのだろうか？

「十五歳。この春、山梨県南球磨郡《みなみくまぐん》に住む祖父母の家から小金井市《こがねいし》に越して来たばかりで、私立累《かさね》学園入学。一年D組で、出席番号は二番。アルバイトとかはまだしていない。免許、資格、受賞歴共になし。ケータイ番号は０７０－〇〇〇〇－××××」

メイド服の少女が俺の個人情報を一気に話し終えると、鉄火は満足そうに頷《うなず》いた。

「……なるほど。よく話してくれたわね」

「え……」

俺は何も話していない。勝手にメイド少女に個人情報を暴かれただけだ。あの子は何者なのだろう。

「紙魚子《しみこ》のユニークスキル『個人情報暴き』が発動しました」

フヤラが隣のテーブルで、メイド少女──紙魚子を指差した。

「ど、どうして俺の事を……」

スマホはおろか財布すら持っていなかったのに、一体どうやって紙魚子は俺の事を調べ上げたのだ？

「調べたからわかりましたっ」

紙魚子は自慢げにノートパソコンを掲げ、鼻から息をむふーっと吐き出した。

「調べたって……どうやって」

戸惑う俺に、紙魚子は胸を反らせる。

「簡単ですよ？　まずは、迅太さんの口を開けて歯の治療跡を──」

「はいはい。その話はまた来世にしましょう」

鉄火《てっか》が手を叩いて発言を遮った。

歯の治療跡から個人情報を？　そんなことが個人レベルで、しかもあんな女の子に可能なのか。

「あっ。ところで鉄火さん」

戸惑う俺を気にも留めず、紙魚子《しみこ》が話題を切り替える。

「どうしたの」

「お時間なのですが、大丈夫なのですか？」

「えっ」

鉄火が壁の時計に目をやると、七時四十五分を指していた。

「あー！　もう行かないと！　だから時間がないって言っていたのに……四日市《よっかいち》、まだアバラから連絡は無いの？」

「ない」

四日市は新しい煙草《タバコ》を取り出しながら答えた。

アバラ——名前だろうか。その人物が彼らに指示を出しているのか？

「もう！　学校が終わったらまた来るけど……それまでに答えは出てるんでしょうね？」

「知らん」

「ったく……」

鉄火《てっか》は壁際に設置された上着掛けから赤いスカジャンを取ると、制服の上からそれを羽織り、鞄《かばん》を手にした。

「あの……何度も聞くけど、殺すって……冗談ですよね？」

「冗談ではないわ」

鉄火が、抑揚《よくよう》のない声で答える。

「あなたと一緒に劇場にいた男がどうなったと思う？」

鉄火はスカジャンのポケットからガラス瓶《びん》を取り出し、テーブルに置いた。

瓶の中には氷水が詰まっていた。その中央に、ビニール袋に包まれた耳が見える。

耳には、タトゥーが施されていた。

「うわあああっ」

思わず叫んでしまう。

「彼は殺されたわ、きっちりと」

鉄火はガラス瓶をポケットに戻しながら話す。

「殺す、というのは、肉体も存在も戸籍も歴史も誰かの思い出も、その全てを別の新たな次元に移行させて、この世界に残る痕跡《こんせき》を、全て消去する事を指すのよ」

「死」どころではなく「無」のエンディングが存在していたとは。

「冗談でないって事、わからせてあげようか？」

鉄火は、スカジャンのポケットに両手を素早く滑り込ませる。

すぐにその手を上げると、彼女の拳《こぶし》に、見たこともない物体が装着されていた。

右手の肘《ひじ》を背後へ高く引いた瞬間、

「鉄火！」

四日市《よっかいち》が怒鳴った。

「わかってる。こっちこそ、冗談」

鉄火は握られていた拳の指を開いて、拳に装着されていた物体を外した。

それは鉄製のナックルに見えた。だが俺の知っているナックルとは違い、表面はほぼ平らで、四角い突起物が端に一つずつ付いている。

その突起物の役割はわからなかったが、あんなもので殴られ続けたら確実に死ぬ事だけはよくわかった。

そして同時に、人間は、本当の恐怖に出くわすと、体が藁《わら》で出来ているみたいに動かなくなるのだという事もわかった。

「それじゃあね、高柳迅太《たかやなぎはやた》」

鉄火は鞄を手にし、店のドアへ向かった。

そこにあったのは、俺の知っている喫茶店のドアの、どれでもなかった。

それは厚い鉄の板に見えた。というか、厚い鉄の板なのだろう。それはまるで、喫茶店のドアというよりも——巨大な冷凍庫などに使用される——扉、だ。

鉄の扉は回転式のノブを持ち、さらにその上部に、ナンバーキーが取り付けられている。

「それじゃあ行ってきます」

鉄火《てつか》は一度もこちらを振り返る事なく、指先だけ動かして別れの合図を送ると、ナンバーキーを操作し、船の舵《かじ》のようなドアノブを回転させ、出て行った。

そこでようやく気付く。この店には、窓が一枚もない事に。

4

これは喫茶店というよりも、巨大なコンテナのようだ。

背後の壁を軽く叩くと、堅く詰まった音がした。

四日市《よっかいち》が咥《くわ》え煙草《タバコ》のまま近づいて来た。

「立てるか」

「あ……はい、多分」

「君の処分を待っていたが、どうやらもう少し時間がかかりそうだ」

処分。その廃棄物かのような扱いに思わず涙が溢《あふ》れそうになる。

「だが、こちらももう店を開かねばならない。だから、君を奥の部屋に監禁する。付いてきなさい」

監禁。そんな物騒な言葉を四日市はさもなんでもない事のように告げた。

立ち上がりたくない。

「奥は不許可です」

フヤラが勢いよく立ち上がった。

身をすくめながらそちらを見ると、彼女は緑色の瞳《ひとみ》をごしごしと拭《ぬぐ》いながら、

「今からあそこはフヤラが寝るをしますので」

と宣言した。

四日市はあからさまに嫌そうな表情を浮かべる。

「フヤラ、店に泊まるなとあれほど言ってるだろう」

「昨日は寝ていないのでこれ以上話せません。会話ウインドウは閉じられます」

フヤラはフラフラとカウンターの中に入り、冷蔵庫の中からコーラとシリアルを取り出し、
おもむろにそれらを同時に口の中へ突っ込みはじめる。

「またそんなものを。きちんとした睡眠と、食事をとるように言っているだろう」

「じゃあ四日市が何かを作成してくれますか。コーヒー以外で」

「馬鹿言うな。私はコーヒー以外は作れんのだ」

なぜか誇らしげに四日市は反論する。

そういえば、俺も昨日から何も食べてはいないが——恐怖と緊張のせいか、空腹は感じない。

「フヤラ脳が現在求めているのは、食事をした、という行動の記憶ですので、これで充分と言えます。含み、咀嚼《そしゃく》し、流し込む、をすればそれでタスクはクリアなので」

フヤラはコーラを一気飲みし、空になったボトルとシリアルの箱を無造作《むぞうさ》にゴミ箱に突っ込むと、カウンターから出ながらこちらを見る。

「では、彼を殺す、になった時は起こして下さい。もしくは、詳細をSNSにアップしておいて下さい」

「SNSなんてやってない！　そして、店に泊まるんじゃない！」

四日市《よっかいち》の突っ込みにも無反応のままフヤラは店の奥へと歩いていった。

「全くあいつは……」

四日市が忌々《いまいま》しげに唸《うな》った。

俺は鼻に詰められていたティッシュを取る。鼻水は止まっているようだった。

「あ、あの……俺はこの先、どうなるんでしょうか？」

他にも、ここはどこだ、あなたたちは何者だ、何が目的なのだ、など聞きたい事は沢山あったのだが、とりあえずは少しでも未来に希望を持ってからにしたい。

「わからない」

簡潔に四日市は答える。

「それは、私たちが決めることではないから、だ。もっと別の立場の人間が決定する」

「アバラ、という人ですか……？」

「そう。ここのオーナーだ」

四日市はサングラスを押し上げる。

「そのための情報が、現在集められていて、その内容を吟味《ぎんみ》しているところだと思う」

「情報も何も……俺は、そのへんにいる大した面白みもない高校生ですし、実家がお金持ちという事でもないし」

「その事ならもう知っている。だが、君の言い分をそのまま信用してハイどうぞ、と解放するわけにもいかない状況なんだ」

思い当たる節がある。

普通に夜道を歩いていて、誘拐されてこの状況にあるわけではなく、俺は昨晩、勝手に劇場へ不法侵入し、そこで、血塗《ちまみ》れの人物を発見してしまった。さらに、その人物には「早く逃げろ」とまで言われてしまっている。

そんな体験をしておいて、今さら「僕は何もしてません」なんて言うつもりはなかった。少なくとも、何かしらの、日常のレベルがこれまでとは違うステージへ足を踏み入れてしまったのは、間違いを積み重ねた自分自身なのだ。

間違いを重ね続けてしまったが故《ゆえ》に、鉄火《てっか》は俺の事を「殺すしかない」と判断しているのだ。

しかしそれは、あくまでも彼らの価値観だ。こちらが「確かに殺されても仕方がないな」と納得する事はできない。

まだ、できることはあるはず。

自分の意思を伝えるくらいは、まだ許されるのではないだろうか。

ソーサーにこびり付いた染みを思い浮かべる。

洗い落として、それで終わり、ではあまりにも心残りだ。

「誰にも言いませんから」

「ん？」

「このお店の事も、鉄火《てっか》とフヤラ、紙魚子《しみこ》の事も……もちろんあなたの事も、それと、あの、怪我《けが》していた人の事も……」

「あ――――。なるほど。なるほど、なるほど」

四日市《よっかいち》は新聞を畳みながら、何度も頷《うなず》いた。

「確かに。それは常套句《じょうとうく》だ。うん。お約束といってもいい。そういう台詞《せりふ》を言っておくのは正解だと思う。だけどね、高柳《たかやなぎ》くん。例えば映画とかで――そういう台詞を言った人物が、素直に解放される展開を観たことがあるか？」

記憶の中には見いだせなかった。

「ないだろう？　だから、もう少し話す言葉は考えて言ったほうがいいな。まだ時間はあるみたいだし」

試されているのだろうか？　生きるために足掻《あが》いてみせろ、と試験にかけられている――

そう理解した。

だけど何を？　どう言えばいいのだ。

思わず視線を落とす。床の上には、シリアルのカスや、いつから掃除をしていないのか、うっすらと埃《ほこり》が積もっている。

紙魚子はメイド服を着ているが、従業員ではないのだろうか……？

そして、ソーサーの染み――とても客商売しているとは思えない――

「――ここ、本当は、喫茶店じゃないですよね？」

「……」

四日市は新たな煙草《タバコ》に火をつけた。

「ただの喫茶店にあんなドアは不釣り合いですし、壁も木が張られていますが、その向こうは恐らくコンクリートです。窓もないし……喫茶店というよりは、倉庫――要塞《ようさい》のように見えます」

「要塞か……面白いな」

四日市は煙草の煙を吐いた。

「そしてさっきからずっと、外の音が聞こえません。鉄火が学校へ行ったように、今が本当に朝の八時前なら、もっと生活音が聞こえるはずです。でも、聞こえない。恐らくですが、ここは、地下なのではないですか？」

「……意外と肝《きも》が据《す》わってるんだな。半分は正解で、半分は違う。正解なのは、ここが地下であることで、違っているのは、ここが喫茶店ではない、という点だ」

「で、でも、あんなドアじゃ普通の人は入って来れない――」

そこまで言って気がついた。

「――普通の人は、入ってこない？」

「その通り。カードキーを持った客しか入れない。そしてそのカードキーは、選ばれた人物にしか渡されない」

「それは一体どういう」

「今度はこちらが質問をする番だ」

四日市《よっかいち》は額に垂れた前髪をかきあげる。

「昨晩。君はどうしてあんなところにいたんだ？」

一瞬迷ったが、正直に答える。

「な、なんとなく、です」

「なんとなく、で、普通の人は潰《つぶ》れた劇場には入らない。地下への階段を降りようとすらしない。入り口に鍵《かぎ》をかけていなかったのはこちらのミスだが――その答えでは満足できないな」

四日市は煙草《タバコ》を灰皿に押し付けた。

「そ、祖父に一度、劇場へ――劇団公演に連れて行ってもらったことがあって」

「ふむ」

「それで、懐かしい気持ちになって――扉を開けたら、もしかしたらまたあの思い出の中に戻れるんじゃないかと思ってしまい、その、すみません」

「……」

四日市はこめかみに指を当て、こちらを見たまま動かない。

その視線に耐えられなくなり、目を逸《そ》らす。

壁に貼られたカレンダーは年明けから一度もめくられていない。観葉植物の葉には白い埃《ほこり》が積もっており、天井付近には小さい蜘蛛《くも》の巣がいくつも見えた。

そのとき、突然、その事に思い至った。

そうだ。ソーサーの染みだ。

俺が初めて目が覚めてから飛び込んできた物騒な会話の数々が脳内を駆け巡る。

――殺すしかないと思う……

――時間がないのよ……

――殺すことに反対しているわけじゃない。ただ……

――遺体の処理だってお金が……

――でも、やっぱり殺すしかない……

繋《つな》がった。

もう一度、ソーサーの染みと俺自身を重ねる。この染みを、完全に消し去るには、何が必要なのか。

今まで渓谷《けいこく》の間にかけられたロープの上を歩かされている気分だったが、その事に思い至った瞬間、ロープが平均台に変わったようだ。危険な事には変わりはないが、向こう岸へ辿《たど》り着ける確率が多少上がった気がする。

「まあいい。信じるとしよう。じゃあ次に訊《き》くが――」

「ま、待ってください」

「なんだ？」

四日市《よっかいち》はサングラスの下から鋭い視線を投げてくる。

はっきりいって怖い。怖いのだが、こっちだって命がかかっているのだ。状況に流されているだけでは死からは逃れられない。

「……順番で行くと、次はこちらの質問のはずですが」

「順番を決めるのはこちらだし、君の質問に答えるかどうかを決めるのも、こちらだ。君じゃない」

「それでも構いませんが——先程、俺が質問しようとしたら、四日市さんに遮られました。その分がまだ宙に浮いたままです。順番でなくても、その分の意見は、させてもらいますから」

「君は——」

四日市はサングラスを押し上げ、

「意外と面倒くさいやつなんだな」

と、呆《あき》れ顔になった。

「命がかかってますので」

「まあいいだろう。そちらを先に済ませよう。で、質問はなんだ？　何を言おうとしている？」

ここだ。こちらのターンを逃してはいけない。相手の心を動かすような一言を、出来るだけ簡潔に突きつける必要がある。考えろ。今までに得た情報をフルに活かせ。

「——これは提案なのですが」

「言うだけ言ってみろ」

四日市は新たな煙草《タバコ》に火をつける。

「——遺体の処理にはお金がかかるんですよね」

四日市は一瞬止まり、少ししてから前髪をかきあげる。

「——随分と前から聞こえていたというわけか」

そう。俺が初めて意識を取り戻したとき。鉄火《てつか》と四日市《よつかいち》が会話をしていた中に、「遺体の処理にはお金もかかる」という意見があった。今思えばあの声の主は、紙魚子《しみこ》だ。

「はわわわ……ご、ごめんなさいー」

背後から紙魚子が四日市に謝っている。

「紙魚子が謝る事じゃない——私も気付いてなかった。それで？　それがどうした？」

四日市の姿は煙の向こうにあるため、表情が見えなかった。

「そのお金は、誰が払うんでしょうか？」

「そんな事、君には関係のない事だ」

「恐らくですが、俺の処分をどうするか、について時間がかかっているのは、そのお金を誰が捻出《ねんしゅつ》するのか、という問題も含まれているはずです。そこでの、提案です」

「……」

四日市は何も答えない。

先を続けろ、という合図でいいのだな、と判断した。

「その費用、俺が出します」

「「は？」」

四日市と紙魚子が同時に声を出した。

「ですから、その金額が貯まるまで、ここで働かせて下さい」

そう言って俺は深々と頭を下げた。

「その金額が貯まるまでって……いくらかかるのか知っているのか」

「知りませんが、必ずや貯めますので」

遺体処理にかかる費用なんて考えた事もないが、安くはないはずだ。安ければ、そもそも紙魚子がその事を心配することもなかったはず。

「あのな、君」

四日市がそう言った瞬間、カウンター上の黒電話が鳴り響いた。

四日市は煙草《タバコ》を灰皿に押し付け、電話に出る。

「――私です」

「ええ、はい。お聞きになった通りです。冗談とか錯乱したとかそういうのではないように感じますが――」

電話の相手は、恐らくアバラだ。直感した。天井を見ると、いくつか監視カメラが設置されているのに気付く。どこかに集音マイクも仕掛けられており、アバラは今までのやり取りをずっと見聞きしていたのではないだろうか。

「――わかりました」

そう言って四日市はこちらへ受話器を渡す。

「アバラが、君と話したいと言っている」

喉《のど》が渇いて張りつきそうだったが、大きく唾《つば》を飲み込み、受話器に耳を当てた。

「高柳迅太《たかやなぎはやた》といいます」

『――君を雇う理由がないんだ』

前置きも何もなく、受話器の奥から声がした。

不自然に低く太い。恐らく声は加工されている。

「働きます」

できるだけ答えは簡潔に、シンプルに、を意識する。

『もう既に従業員ならいるんだよ』

ぐっ。この威圧に、負けてはならない。

俺はメイド服姿の紙魚子《しみこ》を見る。

ソーサーの染み。掃除の行き届いていない店内。そのことからわかったことがもう一つある。

「彼女は、向いていません」

そう断言すると、紙魚子がこちらに驚いたような顔を向けた。

「床の上もカウンターの隅も、埃《ほこり》がたまっています。カレンダーは一月のままだし、先程頂いたコーヒーカップのソーサーにも、茶色い染みがついたままでした。テーブルの上の砂糖入れの中も、ほとんど空のままです。いくらここがただの喫茶店ではないとしても――あまりにも彼女は従業員としての仕事をしていない、と考えます」

事実を伝えると、紙魚子は真っ赤になりながら涙目で両の手の平を頬《ほお》に当てて声にならない声を上げていた。

『――それだけなら、もう一度教育しなおせば解決する問題だ』

一瞬、「確かに」と言いかけそうになる。駄目だ。一度だって引き下がってはいけない。提案を続けるのだ。相手が思いもよらなかった事を提案しないと、価値を見いだしてもらえない。

『無言か？　諦《あきら》めたか』

脳が焼け切れるんじゃないかと思うくらい回転させる。目を覚ましてから今までに得た情報で、俺が付け入れられる隙《すき》はどこだ。

脳の隅がチカッと光る。

この言葉が効くかどうかはわからないが――言わなければ、諦めたと同じ事だ。

「――料理が出来ます」

『――なに？』

初めてアバラの声が上ずる。

相手の思いもよらなかった言葉が出せた。

そう確信した。言葉を続けるべきだ。

「先程、フヤラがお腹《なか》を空かせていたにもかかわらず、四日市《よっかいち》さんは料理が出来ないと断り、紙魚子《しみこ》さんは動こうとすらしなかった。だけど、俺ならフヤラのために栄養のある食事を作ってあげることが出来ます」

『――』

今度はアバラが無言になった。四日市《よっかいち》と紙魚子は少なからず動揺しているように見えた。

「フヤラは、シリアルを食べ、コーラを飲んでいました。いくら本人がそれで良いと言っていても、育ち盛りの子があんな食事をしているというのは見過ごせません」

『……うまいんだろうな』

「は？」

『君の料理だ。もし不味《まず》かったり、素人《しろうと》レベルであれば、雇う理由にはならんぞ』

素人レベルというか、素人なのだが――それでもほぼ毎日、仕事をしているじいちゃんとばあちゃんの代わりに小学生の頃から作っていたのだ。強気でいくしかない。

「自信があります」

『――くっくっくっく』

受話器の奥から低い笑い声が漏れた。もう、これで駄目ならある程度覚悟するしかない。

『――四日市に代わってくれないか』

そう言われたので、受話器を四日市に返す。

「代わりました」

四日市は声を潜めて話し出す。

俺が紙魚子の方へ視線を向けると、

「あっ。いいんですいいんですっ。気にしないでくださいっ。どうせ私なんかパソコンがなければ何も出来ないような女なんで——」

紙魚子は涙目でモニターを見つめている。

「いや、人には得意不得意があるって事だし……正直、君の情報収集力はとてつもないものだと思うし……」

「……………まあ。そ、そこまででもありますがっ」

そう言って紙魚子は短めの髪をがしがしと手櫛《てぐし》で整えながら、えへへー、と笑う。

泣いたり笑ったり忙しい子だな。

「君。高柳《たかやなぎ》くん——」

四日市がカウンターから声をかけてくる。

「はい」

「君、劇場で会った男に——小銭を渡したというのは、本当か」

「あ、はい。確かに渡しました」

何かミスをしたのかとも思ったが、ここで嘘《うそ》をついても仕方がない。

「どうしてそんなことをした」

「……それしか手持ちが無かったもので」

「そういうことじゃない。なぜ、小銭を渡したのか、ということだ」

「あの人が、誰かに連絡を取ればいいかな、と思って」

「それで小銭を？」

「それでも、何枚か手元にあれば、連絡は取れます。それより、連絡を取る手段がどうしても欲しくなったあの人が、そのために他の誰かから奪おうとするのを思い留まってもらえれば渡す意味はある、と思いました」

「……呆《あき》れたな」

四日市《よっかいち》はそう呟《つぶや》くと、再びアバラとの会話に戻った。

「……た、高柳《たかやなぎ》さんって、お人よしなのか底抜けの馬鹿なのかどちらですかっ」

「……どちらも自分では自覚したことないからわからないな。君には、どう見える？」

紙魚子《しみこ》は、口の前で両手の指を組んだ。

「……お人よしの底抜けの馬鹿、ですかね……」

「ハイブリッドかー……意外と容赦《ようしゃ》がないね」

「――わかりました」

アバラとの会話を終えた四日市は電話を切ると、こちらを向いた。

「アバラは、君を雇う考えだそうだ」

よし！　これで命が繋《つな》がった。

思わずガッツポーズしそうになるが、流石に抑える。

「とりあえず、ここの従業員として扱う事にする。業務は、店内全ての掃除、備品と材料の補充、それと料理の許可も下りた。伴って、フヤラに対する礼儀作法、一般常識の教育も忘れずに、との事だ」

「わ、わかりました」

「ふえぇっ」

紙魚子の涙声が背後から聞こえる。

「す、すると私はクビですかぁ……」

「いや、紙魚子も引き続き雇われる。その代わり、従業員としての再教育が施されることになる。教育係は、高柳くんがやる」

「ふ、二人もですか」

「その通りだ。それは私の仕事ではない」

四日市はサングラスを押し上げる。

「じゃ、じゃあ、私は高柳さんの部下という事になるのでしょうかぁ……」

紙魚子は涙目になっている。

今そこ、こだわるところだろうか。

「……いや、これまで通り、紙魚子《しみこ》が先輩でいい。ただし、教育係は後輩の高柳《たかやなぎ》くんが行う」

あっ、今四日市《よっかいち》の「面倒くさいからもうそういうことでいいや」という心の声が聞こえた気がする。

「ふっふっふ。私が先輩ですからね、高柳さん？　そこをきちんと弁《わきま》えたうえで教育するように」

自分で何言ってるのかわかってるのかなこの子。確実に年下だとは思うのだけれど。

とても先程まで俺の事を殺そうとしていた人たちの会話とは思えない。

いや、違う。恐らくだが、彼らにとって、殺しは、日常の延長にあるのだ。

昨晩見た映画の感想を言い合いながら、人を殺せるようなステージで生きているのではないだろうか。

「それと、これは大事な事だが――」

四日市は声のトーンを一層低くした。

「期限は一週間で、遺体処理にかかる費用は、およそ三百万円だ」

「三百万!?」

「プロに頼めばそれくらいですよー、相場は」

そんな相場は知らないし、知りたくもなかったが、今は自分の命を繋《つな》ぐために知っておかなければならない数字だった。

「三百万円を一週間で貯めろと？」

「まあ、そういうことだ」

「出来なかったら？」

「惨《むご》たらしく死ぬ」

「出来たら？」

「手厚く葬られる」

　どのみちの死！　冗談じゃないぞ、と思ったが、鉄火《てつか》の学校が終わるまでに殺されていたかもしれないさっきまでに比べたら、いくらかましにも思える。

　いやそれよりも、何しろここは普通の喫茶店ではないのだ。選ばれし者だけが入店用のカードキーを持つことが許されている特殊な世界。コーヒーが一杯三万円とかで、給料が異常に高いという可能性もある。ホストが一晩で百万稼ぐ、とか聞いたことあるし。

「ちなみに時給は九百円で、その中から君の生活費と食費が引かれるからそのつもりでいるように」

　絶対三百万無理じゃん。

「一週間、君が馬鹿なことさえしでかさなければ、とりあえずの安全が保障されたというわけだ。せいぜい足掻《あが》いてみるといい」

　四日市は新たな煙草《タバコ》に火をつけた。

よし。一週間もあればだいぶ状況を変える事が出来るかもしれない。

例えば、俺からの連絡がない事を心配したじいちゃんとばあちゃんが、学校に連絡してくれるかもしれない。その結果、一週間も登校してないとなれば、心配して下宿先のアパートに来てくれるだろう。そして、スマホも置いたままで家に帰ってない事を知れば、必ず警察に捜査を頼むはずだ。

「——警察の捜査を期待しているなら、無駄だと言っておく」

四日市《よっかいち》が煙を吐いて笑う。

心臓が握りつぶされた思いだった。

「そ、そうですか」

「方法はいくらでもあるが——例えばそうだな、まるで君自身の声にしか聞こえない音声合成ソフトを作って、君の保護者へ『心配するな』と喋《しゃべ》らせるとか」

「……そんな事出来るんですか」

「出来る」

四日市は断言した。

「まあ作るのはフヤラで、喋らせるのは私なんですがね——……」

紙魚子《しみこ》が背後で呟《つぶや》いた。

「それは確かにその通りだが——とにかく、浅はかな希望なら棄《す》てておいた方がいいという話だ」

　四日市はサングラスを押し上げた。

「……わかりました」

「まあ、そうガチガチにかしこまるな。ここはサービスを提供する店だ」

「そうですよ高柳《たかやなぎ》さんっ。笑顔は心のスマイルですっ」

　意味がわからない。

「礼儀さえ弁《わきま》えていれば、無理に敬語を使う必要もない。まあ、その辺の按配《あんばい》は任せる。それと、従業員だからといって、店から出すわけにはいかない。先程も言ったが、今日からは奥の部屋を使ってもらう」

「わ、わかりました」

　監禁状態に変わりはないという事か。

「おっと。仕方の無い事だったとはいえ、開店時間を随分過ぎてしまった。高柳君、奥の部屋に従業員用の服があるのでそれを着るように」

「はい」

「よろしく頼むぞ。君が一週間でどこまで出来るのか、私も興味がある」

　そう言って四日市はお湯を沸かし始める。

　それは店の事か、それともお金の事か。

「……いくらなんでも一週間で、って……」

絶望のままそう呟《つぶや》くと、

「やー、不可能じゃないと思いますよ」

紙魚子《しみこ》が隣で立ち上がった。

「だ、だって時給九百円で、だよ?」

「そ、それは従業員としてのお金ですっ。何と言っていいか……」

紙魚子は両手の人差し指をこめかみに当てると、

「ここではみんな、自分の仕事を持っているんです。高柳《たかやなぎ》さんも、自分の仕事をすれば、不可能じゃないって話ですっ」

そう言って紙魚子はスカートの裾《すそ》を持ち上げて、パタパタとドアの方へ向かう。

どう意味なのか、その時はさっぱりわからなかった。

二章　前略、働くことになりました。

1

カウンター脇には西部劇の酒場で見るような両開きの扉が取り付けられており、その先には通路が延びていた。自分の上着を抱えて一歩踏み込むと、通路は少し先で右手に折れている。

角を曲がって少し進むと、通路を挟んで二枚のドアがあった。

右手側のドアの前には『かいはつしつ』とたどたどしいひらがなで書かれた札が下がっていた。

そのドアの向かい側にはもう一枚ドアがあり、そちらには何も書かれていない。

何も書かれていない方を開けると、目の前に鉄格子《てつごうし》があった。

ギョッとするが、手で軽く押すとそのまま小さな音を立てて開く。

その奥には短い廊下があり正面に小さな洗濯機と、さらに左右に一枚ずつドアがあった。左手のドアを開けると白いタイルが敷かれたシャワールームで、洋式の便器も一つ見えた。

右手のドアを開けると、コンクリート打ちっぱなしの六畳ほどの部屋に二段ベッドがあり、その下段でフヤラが寝ていた。

布団もかけずに仰向《あおむ》けになり、大口を開けて実に気持ちよさそうな姿だった。部屋着がお腹《なか》の辺りから大きく捲《まく》れあがっている。

この先、この部屋を寝室として使えということなのだろう。

寝室にはハンガーラックがあり、中を開けると従業員用の制服がかけてあった。そこから自分のサイズに合いそうなシャツやサロン等を手に取ると、シャワールームへ駆け込み、そこで着替えた。自分の着ていた服は取りあえず鉄格子の下あたりに丸めておいた。

店内へ戻った俺の姿を、四日市《よっかいち》が眺める。

「――ふむ。悪くないが、サロンの巻き方が違うな。後ろで結ぶんじゃなく、前で結ぶんだ」

俺は言われた通りに巻きなおす。

「ネクタイはどうした？」

「その、巻いた事なくて」

「わからないのか。一度だけで覚えろ」

四日市は俺の正面に立ち、首元に手を回すと、ネクタイを結んでくれた。

コロンが微《かす》かに香る。

「――それで、ここの輪に通して締めるんだ」

四日市《よっかいち》がネクタイを強めに締めたので、一瞬このまま殺されるんじゃないかと思った。

「――何してる」

四日市は急に体を離すとカウンターの向こうの紙魚子《しみこ》に声をかけた。

「はっ。こ、これはですね、あの、何というか、そうそう無い絵面だから貴重かと思いましてですねっ」

紙魚子はスマホのレンズをこちらに向けて撮影していたようだった。

「私のことなど気にせず、続けて下さいっ。どうぞどうぞ」

「続けるかっ」

四日市は壁のスイッチのところへ歩くと、手招きをした。

「店内の照明スイッチだ。開店作業と閉店作業の時、君が付け、そして消す」

「わ、わかりました」

「そしてこれが、営業中であることを示す、看板のスイッチだ」

少し大きめの二つのスイッチを指差す。

「入り口のドアの外には、もう一枚、同じようなドアがある。それぞれのドアの上部に、看板が設置されている。営業中のときは、二つとも点灯させること」

「ドアの向こうに、またドアがあるんですね」

注文の多い料理店みたいだ。

「ちなみに、ドアは一枚ずつしか開かない仕組みになっている。一枚目のドアを閉めきってからでないと、二枚目のロックは外れない。だから、隙《すき》を見てとび出そうと考えているなら、無理だ、と伝えておくよ」

「……要塞《ようさい》みたい、と言いましたが訂正します。監獄みたいだ」

「――例えとしてはそちらの方がセンスがいいな。看板の電気をつけたら、開店だ。スイッチの光が赤いと点灯、緑なら消灯。押してみろ」

言われるがままに押す。

当たり前だが店内からは何の変化もわからなかったが、スイッチの光が赤くなったので開店したのだろう。

「本当は開店前に店内清掃をするんだが――今日は仕方ない。取りあえずカウンターから出ろ」

「え？」

四日市は、カウンター奥に並べられた酒瓶《さかびん》を確認し始める。

「客が来た」

鉄のドアの向こうで、もう一枚のドアが開く音がした。

2

店側のドアのロックが外れる音がして、一つの影が入り込んできた。

「ん？　誰だおめーは」

その人物は、切れ長の目で俺を見下ろしている。

女性だった。年齢はさほど変わらないように見えたが、俺よりも頭一つ背が高く、両耳には数え切れないほどのピアスがつけられていた。

肩までの長さの髪は金色に染められているが、頭頂部から黒くなりはじめている。

その冷たい視線に射抜かれ、自分が何を言うべきだったのかがすっかり抜け落ちてしまった。

羽織られた長いファーのコートの下から筋肉質な片腕が伸び、俺の両頬《ほお》を掴《つか》む。

凄《すご》い握力だった。

「聞こえなかったか？　質問に答える前に顎《あご》を握りつぶされたいのか？」

「い、い、い、いいいいらっしゃいませ」

痛みに堪《た》えながら言葉を搾《しぼ》り出すと、ようやく手が離された。

「い、い、い、いらっしゃいませくんか？　珍しい名前だな。妹はありがとうございましたちゃんか？」

「ち、ちが」

「気にするな高柳《たかやなぎ》くん。さっきのは間違いだ。そいつは春姫《しゅんき》だ。客じゃない」

「四日市《よっかいち》。こいつは何者で、ここで何してるんだ？」

春姫と呼ばれた少女は俺の方を見もしないままに問いかける。

「彼は高柳くんで、今日からここで働いている。同じチームだ。仲良くしろ」

「そりゃこいつ次第だろーよ……」

春姫はぼやきながら席に着き、ファーのコートを脱ぐ。その下はタンクトップ一枚だった。

俺はどうしたものかわからずに佇《たたず》んでいる。

紙魚子《しみこ》は我関せずといった体《てい》でこちらを見向きもせずにノートパソコンに顔を突っ込んでいた。

「……おい」

春姫の声がして、俺はそちらを見る。

「高柳いらっしゃいませくん。おめーはウェイターじゃねえのか？　それともその制服はコスプレで、それを着ねーとおっ勃《た》たないのか？」

「あ、いや」

「注文がしてーんだがな」

「お前は客じゃないんだ。飲み物なら自分で用意しろ」

四日市《よっかいち》がカウンターから釘《くぎ》を刺した。

「いいじゃねーか、どの道こいつはウェイターなんだろ？　だったら練習だ。なあ？」

春姫《しゅんき》は座ったままこちらに歪《ゆが》んだ笑顔を向ける。

「あ、は、はい」

完全に苦手なジャンルの住人だ。

出来る限り関わりたくないし、早く帰って欲しい。

俺がカウンターへ水とおしぼり、メニューを取りに行くと、

「春姫のやつがビールを頼んでも、受けないように。あいつに酒は出さない」

四日市が煙草《タバコ》に火をつけてそう言った。

「わ、わかりました」

水とおしぼり、メニューをテーブルに置くなり、

「ビール」

春姫はメニューも開かずに注文をした。

「す、すみません、四日市さんからビールは出すなと言われてまして……」

「ウェイター。三度言わすなよ。ビール、以上、だ」

春姫はもうこちらを見ようともしなかった。

俺は紙魚子《しみこ》のいる席に近寄り、隣に座る。

「春姫さんがビール頼んだんだけど」

「いつものことですね……」

紙魚子はモニターから目を離さずに小さく笑った。

「四日市さんは出さないって言うんだ」

「そりゃそうでしょうね」

「どうすればいいかな？」

「わかりませんっ」

紙魚子は明るい声で言った。

「私は、高柳《たかやなぎ》さんじゃないのでっ。高柳さんにしか出せない答えなら多分大丈夫ですよ」

紙魚子は微笑《ほほえ》むと、再びノートパソコンの世界へ潜《もぐ》っていった。

どうすりゃいいんだ。

俺は重くなり続ける腰を上げ、浮かない足取りで春姫のテーブルへ戻った。

「え、えーとですね」

「おいおいおい。ウェイターが手ぶらで戻って来たぞ？　どうした？　歌でも歌ってくれんのか？」

春姫が手を叩きながらこちらへ笑顔を向けるが、その目は笑っていない。

「さ、先程、お客様が注文されました、ビールですが……お出しできません」

「そりゃ困ったな。こっちは一仕事終えて、喉《のど》が渇いて仕方ないってのに。仕事終わりの一杯を楽しみに頑張ってきたんだぜ？　ひでー店だなここは」

「……ねんっ」

「ねん？」

思わず口から言葉が零《こぼ》れ落ちた。

「年齢の確認を——させていただいてもよろしいでしょうか？」

一瞬の間。

四日市《よっかいち》と紙魚子《しみこ》が無表情でこっちを見ているのが、なぜかわかった。

後に春姫《しゅんき》が爆笑する。

「お前、ウエイターかと思ったら、警察だったのかよ？　そーかそーか、年齢が気になるよなあ、そりゃあなあ？」

春姫は目尻《めじり》の涙を拭《ぬぐ》いながら立ち上がると、おもむろに俺の肩を掴《つか》んで、一気に向かい側のテーブルの椅子《いす》めがけて、俺の体を力任せに倒した。

春姫が、俺の服を掴んだまま、全身を床につかない高さにぶら下げている。まるで釣鐘《つりがね》を叩く撞木《しゅもく》みたいな姿だ。

「よお、ウェイター、目の前にある椅子の脚が見えるか？　その顔面の前の木のやつだ」

もちろん見えた。椅子の脚が、床の上に立っている。

「その脚の一本が、大きく削れているのがわかるはず。わかったか？」

「……わかった」

「その削り跡の根元に目を凝《こ》らしてみな。何かあるのが見えるだろう？」

あった。椅子の脚が途中から大きく削られ、その根元に小さくて白い何かが詰まっていた。

「それはな、ヒトの歯だ、ウェイター」

知りたくもなかった。

「この店で以前、馬鹿が馬鹿なことを言ったかやったかして、それに腹を立てた単純人間が、その椅子で思い切り馬鹿の顔面を殴りつけたんだ。そいつの歯は見事、全部バラバラになったんだが、その中の一本だけ、どうしても深く入り込んじまって取れねーんだとさ」

「取れないんじゃない。取らないんだ。触る気にもなれない」

四日市がカウンターの中から抗議した。

うんざりすると同時に、体が床に下ろされた。

「わかったか？　ここは普通の店じゃない。法律なんて関係ない。そんで、あたしはお前を同じチームとは認めていない。わかったら立ち上がって注文をあのサングラス野郎に伝えて来い」

春姫はそう念を押すと、再び席に戻る。

「二度と私の事をサングラス野郎と呼ぶな」

四日市が抗議する。

俺は立ち上がりながら考える。

自分は今、この店の従業員で、上司は四日市《よっかいち》だ。

その上司が、酒を出さない、と言っている。

ならば、俺がすることは一つしかない。

「ビールは、出せない」

「……三度目だぜ」

春姫《しゅんき》は立ち上がり、首を左右に一度ずつ倒す。コキコキという音が鳴った。

「おい四日市。おめーんとこの馬鹿が、竹槍《たけやり》でB29は落とせるって信じてるみてーなんだが、これは受けて構わねーんだろ？」

「駄目に決まってるだろ。第一、彼はアバラから正式に雇われてるんだ。高柳《たかやなぎ》くんを壊して、どう言い訳するつもりだ？」

壊す、という言葉にぞくりとしたが、一応守ってくれたみたいだ。

「めんどくせーな……よしわかった」

春姫はテーブルに肘《ひじ》をつき、そのままこちらに手の平を寄越《よこ》す。

「女の子の手は握った事あるか？　これが最初で最後になるかもだぜ。わかるか？」

その言葉の意味はわかった。

「……腕相撲《うでずもう》か」

「三回チャンスをやる」

春姫は口元を歪《ゆが》め、八重歯《やえば》を見せる。

「三回勝負のうち、一度でもお前が勝てば、あたしはもう二度とブーブー言わない。ただし、そうならなかった場合、お前は二度とあたしに口ごたえしない、だ。いいな？」

いいなも何も、拒否権が与えられていない。腕相撲に勝つしか道は無いのだ。

「張り切っていきましょーっ」

紙魚子《しみこ》が嬉しそうに審判役を買って出た。

止めてくれないんだね。

俺は春姫と右手を組む。

「レディッ」

一瞬の間。

「ゴーッ！」

ゴツン！　鈍い音と共に俺の右手はテーブルに裏拳《うらけん》をかましていた。

瞬殺。

力を入れるより前に、瞬間で春姫に持っていかれた。

「勝負にならねーな」

打ち付けられた右手が痺《しび》れている。

性別など関係なく腕相撲《うでずもう》で勝負を仕掛けてきたのだ。

もちろん自信はあったのだろうが、ここまで実力差があるとは思わなかった。だけど、こちらも負けるわけにはいかないのだ。

「では二回戦ですっ」

再び手を組む。

「レディ……ゴーっ！」

——さっきよりかは抵抗して、少しでも春姫《しゅんき》の筋肉を疲れさせなければ。

「ふん！」

右手に全身の体重を乗せ、思い切り力を入れる。

それでも、春姫の右手はびくともしない。電信柱を相手にしてるみたいだ。

「お？　さっきよりかはいくらかましだぜ」

春姫は薄ら笑いを浮かべている。

「ぬおおおおおおおおお」

春姫の腕が少しずつ向こう側へ倒れ始める。

「やるじゃねーかウェイター。もうちょい頑張れば表彰台だ」

歯を食いしばり、思い切り鼻で呼吸をする。

その瞬間。

止まっていたはずの鼻水が再び流れ出そうになる。

「ちょ、ちょっと待っ」

ゴツン！　俺の右手は再び倒されてしまう。


「勝負の途中だぜ？　随分と余裕なんだな」

「い、いや、これは不可抗力で」

俺はカウンターの中のティッシュで鼻をかんでいる。

「高柳《たかやなぎ》さん、フヤラの気付け薬のせいで鼻がクラッシュしているんですっ」

紙魚子《しみこ》がテーブルを拭《ふ》きながらフォローしてくれた。

「……なんだそれ」

春姫はうんざりした顔をこちらへ向けた。

「おい、元栓は閉まったか？　ラスト一本だ。とっとと終わりにしようぜ」

「あ、ああ、ちょっと待って」

もう鼻水は止まっていたが、念のために再びティッシュを詰めておく。

「――勝てそうなのか？」

四日市《よっかいち》が顔を寄せ、小さな声で訊《き》いてきた。

「……勝てると思いますか？」

「無理だろうな。あいつは、力比べではウチじゃトップクラスだ。恐らく君では、両手を使っても善戦すら出来ないだろう」

「……生きる勇気が湧《わ》いてきましたよ」

「――ただ、見てわかると思うが、あいつはとても気が短い。反して君には――面倒くささにも似た、粘り強さがある。何か場が変わるとすれば、そこかもしれないな」

「……全然励まされた気分がしませんが、せいぜい粘ってきます」

俺は使い終わったティッシュを捨てようと、ゴミ箱へ近づく。

全身の筋肉が悲鳴を上げ始めていた。足がふらつき、よろけそうになったのでカウンターに手をつこうとしたが、腕は全然上がってくれなかった。

「おわわわっ！」

そのまま倒れ、目の前にあったゴミ箱をひっくり返してしまった。

「おいおい、二回の勝負でもう壊れちまったのか？」

春姫《しゅんき》の軽口が聞こえた。

「だ、大丈夫ですかっ？」

紙魚子《しみこ》が心配そうな声を出す。

「大丈夫大丈夫……」

腰は打ったけど。

床に散らばってしまったゴミを再びゴミ箱に戻しながら、壁と冷蔵庫の隙間《すきま》に目をやると――長い二本の触覚を持ち、とても素早く動き回る■の姿が一瞬目に入ってしまった。

いや、これだけ清掃の行き届いていない店だ。いたって別段不思議でも何でもないのだが。

俺は取りあえずゴミ箱を元の位置に戻し、蓋《ふた》をした。

見なかったことにしよう。


三度、俺は春姫と手を組み合わせる。最後の勝負だ。

「よお。次は口から鳩《はと》でも出してくれんのか？　それとも目から破壊光線でも発射するか？」

とにかく全力をかけて抗《あらが》おう。それしかもう手はない。あとで後悔だけはしないように、粘るだけ粘っていれば、四日市《よっかいち》の言う通り、何かが変わるかもしれない。

「レディッ……」

最初から全力でいく。そのニヤニヤ笑いを、剥《は》ぎ取ってやる。

「ゴーッ！」

「たりゃあああああ」

一気に押し込みにいく。

「お、今までで一番良いな。食い甲斐《がい》が出てきたってところだ」

春姫《しゅんき》はまだ笑っている。

まだだ。まだ足りない。もっと全てをぶつけなければ。

「ぐぬぬぬぬぬぬ」

「なかなかだ。初めっからこれくらいで来てたら、ワンチャンあったかもだな」

少しだけ、春姫の腕が倒されていく。その顔にはまだ笑いが張り付いていたが、額にうっすらと汗が浮かんでいるのが見えた。

まだだ。もっと。もっと注ぎ込め。

「……いける。いけますよっ高柳《たかやなぎ》さんっ！」

紙魚子《しみこ》が興奮した声を出す。

「残念だが紙魚子、いけない。これで終わりだ。あたしはもう、飽きた」

春姫の右腕が突然のしかかってきた。一気に手が持っていかれる。

まだ終わりじゃない。

「ぐあああああ」

俺は手首を曲げ、甲がテーブルに押し付けられるのを防ぐ。

「――しぶてえな」

春姫の笑顔は、もはや口元だけになっていた。

粘れ。粘れ。粘れ。

ここから先、どれだけ長くもたせられるかが、勝負どころだ。

「ぐぬぬぬぬぬぬぬ」

「あー面倒くせー奴《やつ》だ！　終われって言ってんだよ！」

春姫の力が一段と強くなる。手首はほとんどテーブルに付きそうになっている。

気を抜くな。

充分頑張ったなんて思うな。手の甲が付いたら全人類が滅ぶと思え。

背後でドアが開く音がした。

誰かが入店してきたらしいが、もちろんそんな事知ったこっちゃない。

「──店を間違えたか？」

「──何やってんだ、春姫」

「うるせー！　あやとりしてるようにでも見えるってのか？」

春姫が怒鳴った。もうその顔に笑みはなくなっている。

「春姫に一万」

「奇遇だな砂混《さんじ》、俺も一万だ」

「尋《たず》、賭《かけ》にならないよそれじゃ」

背後からそんな会話が聞こえてくる。

「──私は彼に一万賭《か》ける」

四日市《よっかいち》の声がカウンターから聞こえた。

「……正気か？」

尋《たず》と呼ばれた男が訊《き》き返す。

「もちろんだ」

「乗ったよ。成立だ」

砂混《さんじ》と呼ばれた男が嬉しそうな声を出した。

「おい聞いてたか春姫《しゅんき》？　お前、負けたら奢《おご》らせるからな」

「聞いてたよ！」

「私も高柳《たかやなぎ》さんに十円」

紙魚子《しみこ》も賭《かけ》に乗っている。しかし十円て。

「審判が賭《か》けんな！」

春姫は叫んでからこちらを睨《にら》んだ。

「おいウェイター。ますますあたしには負けられねー理由が出来ちまった。そういうわけで、ここらで終わりとしようぜ」

「理由が出来たのはこっちも同じだ。それと、俺をウェイターと呼ぶな。迅太《はやた》って名前がある」

「わかった。お前が勝ったら、その素敵な名前で呼んでやる」

俺は春姫を睨み返すが、春姫はもう別のところを見ていた。

――気が短いんだ。

俺がその事に気付いた直後だった。

「ひっ」

目の前の春姫が、息を飲んだ。

その目線は、床下の何かを見ている。

俺も視線をずらし、そちらの方を確認すると――長い触覚と平べったい体をもつ、■が素早く移動して――。

「ひぃやああああああっ！」

春姫は涙目になって甲高い声を出した。

一気に力が弱まる。

今だ。

俺は春姫の右手を、思い切りテーブルに倒した。

「た、高柳さんの勝ちですっ！」

紙魚子が叫ぶが、春姫は全くリアクションせず、そのまま俺の右手を自分の胸元に引き寄せ、きつく抱きしめた。

「え、あ、ちょ、あれ？」

「■が！　■が！　■、■！」

ほとんど半泣きで言葉になっていない春姫《しゅんき》。

「わ、わかったから、離して」

右手に伝わる柔らかい感覚が名残《なごり》惜しかったが、いつまでもそうしているわけにもいかない。

俺はスニーカーを脱ぐと、壁際で立ち往生していた[redacted]めがけ、それを振り下ろした。


「誰彼構わずぶん殴るお前に、苦手なものがあったとはな」

尋《たず》は笑いながら四日市《よっかいち》に金を支払った。

「うるせー。あたしだってまだ信じたくねーんだ」

春姫は椅子《いす》の上で両膝《ひざ》を立て、丸くなっていた。目にはまだ涙が浮かんでいる。

「高柳《たかやなぎ》くんの粘り勝ちだ。受け入れろ」

四日市は少し嬉しそうな声を出した。

全身の力が抜け、一歩も動きたくなかったが、そういうわけにもいかなかった。

紙魚子《しみこ》が全く動こうとしないので、春姫と同じテーブルに座った尋と砂混《さんじ》のもとへ、メニューとおしぼりを運ぶ。

尋は大男で、目の下に大きな傷跡があった。

砂混は細身の男性だったが、全身が血で真っ赤に染まっていた。

出来る事なら近づきたくない。

「ナイスファイトだったね」

砂混《さんじ》が、おしぼりで顔や手を拭《ふ》きながら俺を見た。

「え？」

「君は、今日から？」

「あ、そ、そうです」

砂混のおしぼりがどんどんと赤く染まるにつれて、彼の顔が見えてくる。

モデルのような甘い顔立ちだったが、目は暗く沈んでいた。左の頬《ほお》に大きな火傷《やけど》の跡が見える。しかしそれは血に染まっていた原因ではなく、随分と昔に付けられたものであるらしかった。そして彼の体のどこにも、それ以外の傷らしきものは見つけられなかった。

「その血――大丈夫なんですか？」

「大丈夫なんだ。これはね、ただの返り血だから」

聞くんじゃなかった。

「よう迅太《はやた》、こいつはさ、拷問《ごうもん》のプロなんだぜ」

何が楽しいのか春姫《しゅんき》が嬉しそうな顔をこちらに向けてくる。

聞きたくない聞きたくない。

足早にテーブルから去り、カウンターへ戻る。

春姫たちはすっかり楽しそうにお喋《しゃべ》りをしていた。

「……賭《か》けてくれて、ありがとうございました」

「──気にするな。成立しないと面白くないからな」

四日市《よっかいち》はカウンターの上に五千円札を一枚置いた。

「君の取り分だ。取っておけ」

「……どうも」

春姫が大声で何か冗談を言い、砂混がそれに相槌《あいづち》を打つように笑い、尋《たず》が笑いながらそれを聞いていた。その傍《かたわ》らで紙魚子《しみこ》はまるで別の次元の場所にいるようにキーボードを叩き続けている。

ここには普通の人間はいない。

「──本当に監獄みたいだ」

「じゃあ君はなんだ？　看守か？」

四日市が隣で自分用のコーヒーを淹《い》れながら訊《き》いた。

「俺も同じですよ。過ちを犯した罪で、ここに閉じ込められている」

そう答えると、四日市は喉《のど》の奥だけで笑った。

3

その後も何組か来店があったが、春姫《しゅんき》たちほどの騒々しさはなく、皆静かに注文し、そして去っていった。

昼を過ぎて、客足が途絶えると、

「じゃあ、店内清掃の手順を紙魚子《しみこ》から教えてもらってくれ」

そう言って四日市《よっかいち》は、調理場でコーヒー豆をミルに移しはじめた。


「そ、それではこちらですっ」

紙魚子についてフロアの片隅へ行くと、小部屋のような空間があり、その入り口は大きな衝立で隠されていた。

「ここは簡易倉庫みたいなものでしてっ」

衝立を開くと、いくつかの棚と、積まれたダンボールや傘、使用済みのおしぼりが詰まったケースや脚立の他に、箒《ほうき》とちりとり、掃除機が見えた。

「開店前は箒とちりとり、閉店後は掃除機で掃除するんですが……あれ？　逆だったかな」

「……覚えてないの」

「ここ最近、掃除というものをやったつもりになっていただけだったので……」

「やってないのにやったつもりになれるの？　すごいね」

「いやー、それほどでも」

褒《ほ》めてない。

「……わかった。とりあえず、俺が店内を掃除するから……紙魚子ちゃんは、砂糖の補充をしてくれるかな」

俺は新品の砂糖の袋を渡した。

「まっかせてくださいっ。お安い御用ですともさ」

紙魚子は胸の辺りを力強くドン、と叩き、少しむせた。


床の掃除を始めると、見る見るうちに埃《ほこり》がちりとりの中に溜まっていく。

しかし、手を動かした結果が即座に反映されていくというのは楽しくもある。この楽しさを、紙魚子にも理解してもらえればきっと彼女も掃除が好きになるはず――

そう思いながら顔を上げて紙魚子の姿を探すと、一つのテーブルの上で、砂糖の袋を両手で掴《つか》み、思い切り引き裂こうとしている。

「……何してるの」

「も、もうすぐで開きそうなのですっ。ふんぎー！」

「だ、だめだって、そういう開け方はまずいから！」

そう駆け寄った瞬間、紙魚子の手の中で袋は無残に裂け、中身がざあっ、と床に流れ落ちていった。

「あ、ああ……」

涙目で自分のメイド服の上にも流れ落ちた砂糖の海を眺める紙魚子《しみこ》。

「……給料から差し引いておくからな」

四日市《よっかいち》の冷たい声が背後から聞こえた。


砂糖の海を掃除機で吸い上げていると、「おわー！」という紙魚子の声が聞こえ、嫌な予感を抱えながらそちらを見ると、周りをきょろきょろと確認してから、カレンダーの『9月』の数字を上からマジックで『4月』に書き換えようとしているところだった。

「……そういう小手先のごまかしは後々に大きなトラブルを呼び込む事になるよ」

紙魚子の背中にそう言うと、びくっ、と身を震わせてから、

「ち、違うんですっ」

と両手をぶんぶんと振った。

「何が？」

「今何月だっけ？　と思いながらカレンダーを剥《は》がしていたら剥がしすぎた事に気づいたのが、九月だったんですっ」

「何も違わない！」

「これ、このまま九月まで放置しておけば、いずれ世界がカレンダーに追いつきますが、どう

9 4
September
8
August
SUN MON TUE WED THU FRI SAT
1 2 3 4
5 6 7 8 9 10 11

でしょう？」

「何が？」

結局、四日市《よっかいち》から「明日新しいカレンダーを自腹で購入してくるように」と言われてしまっていた。

その後、「ゴミ袋の新しいのを用意して」と頼むと、コンビニ袋のかなり小さいやつを自信たっぷりに一つだけ持ってきた。この調子ではいつ終わるか分からない。取りあえず席に座って自分のノートパソコンを触っておいてもらう事にした。

その間に床と店内のトイレの掃除を終え、砂糖の入れ替えを済まし、観葉植物の葉っぱを霧吹きで湿らせ、全てのテーブルを拭《ふ》いてまわった。

カウンター内のキッチンの掃除に取り掛かろうとすると、

「今日のところはしなくていい。それと、カウンター内は、基本的に私のスペースだ。私の仕事道具には一切触らないように。君は、調理担当という事でシンクと、コンロ、それと冷蔵庫の中だけを気にしてくれればいい」

四日市は煙草《タバコ》に火をつけた。

「わかりました」

「必要な食材と調理器具があればメモしておいてくれ。アバラが用意してくれる。明朝六時には届けられるはずなので、必要な準備をしておきたまえ。私は六時半に出勤する」

「はい」

俺は冷蔵庫を開けた。

中にはほとんど何も入っておらず、先程フヤラが食べていたシリアルの箱がいくつかと、コーラとミネラルウォーターのペットボトルが数本と、大きめの牛乳瓶《びん》が見えた。小さめのタッパーが二つあり、中にはスライスされたレモンとライムが入っていた。冷凍庫には冷凍食品の袋がいくつかと、製氷機で作られた氷。野菜室には缶ビールが詰まっていた。

調理器具を確認すると、ほとんど新品のまま放置された包丁が何本かとまな板、フライパン及び平鍋が確認できた。コンロの口は二つで、トースター機能付きの電子レンジがあった。炊飯器はなかったのでご飯系の料理は諦《あきら》め、それ以外のメニューを頭の中で組み立てる。その中でも喫茶店らしいものを選別していくと、結局サンドイッチとパスタが残った。

まあ、簡単でいいか。喫茶店で中華出すのもあれだし。

必要な材料をメモに書いていると、四日市が隣で笑った。

「投げ出したくなるだろう」

「何がですか」

「紙魚子《しみこ》、だよ」

四日市《よっかいち》は顎《あご》だけで紙魚子《しみこ》のほうを指す。

「あれでも随分ましになった方だ。ここに来たときなんてのは、人の目も見ないし、喋《しゃべ》りもしなかった。ただ粘土細工みたいにそこに在《あ》っただけ、だった」

俺が紙魚子のほうを見ると、こちらに背中を向けたまま、なにやらノートパソコンのキーをすごい速度で叩き続けていた。

「結構最近なんだ——ああいうふうに、会話が成立するようになったのは。そしてあいつは自分の仕事を見つけた。それでもう充分だと思わないか?」

「——じゃあ、これから、もっと変わっていきますね」

「——そうかな」

俺は、紙魚子とフヤラの教育係として、アバラから任命されているのだ。

とりあえず今はこれが、俺の仕事なのだから。

「投げ出さないんだな」

「投げ出さないです。俺が出来ることをしっかりやるだけですから」

「——楽しみだ」

四日市は喉《のど》の奥で笑い、唇《くちびる》の端を上げた。

4

夕方近くになり、鉄火《てつか》が店に戻ってきた。

「ただいま」

入店するなり赤いスカジャンを脱ぎ、上着掛けに投げ出しながら今朝座っていた席に腰を下ろした。

「おかえりなさい。いらっしゃいませ」

「――なんだ、まだ生きてるじゃない」

鉄火は大きく息を吐き出す。

「あの後も何度か死にかけたけどね……」

「へえ。運がいいのね」

「た、高柳《たかやなぎ》さん、春姫《しゅんき》に喧嘩《けんか》売ったんですよっ」

久しぶりにノートパソコンから顔を上げた紙魚子が、嬉しそうに教えた。

「嘘《うそ》でしょ春姫に？　そんでまだ生きてるって。よほど地獄は今、定員オーバーなのね……」

「腕相撲《うでずもう》勝負で、勝ったんですよっ」

「へーすごい。春姫、軽自動車に撥《は》ねられでもしたのかしら」

全く信じてないな。

「で？　何がどうなったら、今朝殺されかけていた青年が、従業員として雇われる事になるの？　魔法？」

仕方がないので俺が一週間で三百万円稼げといわれてしまったいきさつを順に説明する。

「それじゃあ……寿命が一週間延びただけじゃない」

「その通りだけど」

「まあせいぜい頑張ることね。それよりも四日市《よっかいち》、外国人がやっぱり増えてきてる」

「東南アジア系だろ。ちょっと前、春姫《しゅんき》からも聞いた」

四日市は煙草《タバコ》に火をつける。

「あれってやっぱり、神奈川の？」

「お、恐らくそれで間違いないと思いますよっ」

紙魚子《しみこ》がキーボード入力とクリックを続けながら答える。

「去年末に横浜で潰《つぶ》された鰆会《さわらかい》系列のいくつかの組が、『虎宴《コーエン》』と呼ばれる東南アジア系の連合組織を子飼いにしていたのは間違いないです」

「親元がいなくなって、居場所を奪われた数組が、西から東京に進出してるようだな」

「立川《たちかわ》あたりで止めてくれりゃいいものを……」

鉄火《てっか》は苦虫をかみ潰したような顔をする。

「まあまあ、東南アジア系の人が全員、その何とかいう組織の人じゃないですからね？」

物騒な話題を終らせたくて、俺はわざと明るい声を出した。

「わかってるわよそれくらい」

「普通の人と、『虎宴』の人とを見分けるのは簡単ですからっ」

「そうなの？」

俺は紙魚子に尋ねる。

「はいっ。『虎宴』のメンバーなら、全員、証として顎《あご》の裏に三つ目の虎の刺青《いれずみ》があるはずですからっ」

もう少し可愛らしい特徴にして欲しかった。というか、女子高生が学校帰りに喫茶店でする話題はもう少し可愛らしいものにして欲しい。


電話が鳴った。

「――わかりました」

そう言って四日市は受話器を置くと、

「鉄火、アバラからだ」

「仕事？」

「そうだ。直ちに取り掛かってほしいそうだ」

「わかった」

鉄火は立ち上がり、スカジャンを羽織る。

「場所と内容は？」

紙魚子《しみこ》は動かないが、全身を耳にして行動を開始する準備に入っているのがわかった。

新たな殺しの依頼だろうか。俺と同じように、標的をここへ連れて来るのかもしれない——

「場所は、ここ。時間も、今だ」

「へ？」

どういうこと？

四日市《よっかいち》はサングラスを押し上げた。

「今日こそは、フヤラを家に帰すように、とのことだ」

ゴトン、と重い音がした。

虚脱した鉄火《てっか》が鉄製のナックルを床に落としたのだ。

「私は引率の先生か！」

「すぐに取り掛かってくれ。もう六時前だ。そろそろ閉店の時間だからな」

四日市はサロンを外し始めている。

「それくらい自分でやれって伝えてよ！」

「もちろん試みたし、私だって何度も言ったが聞かないのだ」

「一応、フヤラの住所検索してみましたけどっ」

紙魚子が手を挙げた。

「知ってるわよそれくらい！」

「十五万出すと言っていたぞ」

「金額の問題じゃないわよ！」

じゅ、十五万だと？

直後に体が動いていた。

「フヤラ！　俺と帰ろう！」

「あんたあの子の家知らないでしょーが！」

鉄火が俺のシャツの袖を掴《つか》んだ。

「問題ない！　紙魚子が検索してくれている！」

「大体あんたここから出られないのに何言ってんの！」

「放せ！　俺はフヤラを家に帰して俺も家に帰るんだ！　そして十五万稼いで三百万の足しにするんだ！」

「アバラは私に依頼したの！　素人《しろうと》はすっこんでなさいよ！」

などとギャーギャーやっている間に四日市は店を閉め、紙魚子はパソコンの電源を落として帰り支度を始めていたのであった。

5

閉店時刻の午後六時ちょうどに、全員が帰宅した。

鉄のドアが閉まり、一人になると、途端に心細くなったが、めそめそしている場合ではない。閉まったばかりのドアに近づき、駄目もとで舵《かじ》のような取っ手を持ち、力を入れてみる。取っ手も鉄製で冷たく、微動だにしなかった。

次にナンバーキーを手当たり次第に押してやろうかとも考えたが、それによって何らかのシステムが作動しないとも限らないので、諦《あきら》めた。

店内の壁を拳《こぶし》で軽く叩きながら、一周してみる。どこか壁の薄い箇所《かしょ》は無いだろうかと考えたのだが、それらしき部分は見つけられなかった。

エアコンの他に、天井付近に開いている通気口を確認するが、横に細長い形状で、とても俺が入り込めそうだとは思えなかった。

カウンター内を隅々まで探索すると、床に正方形の扉が付いているのを発見したが、それはただのワインクーラーで、恐らく高級品なのだろうと思われるワインが数本並んでいただけだった。

四日市《よっかいち》の定位置であるカウンター奥へ行くと、電話の下にモニターが一台あり、そこには鉄製のドアの向こうを監視しているカメラの画像が映されていた。看板に明かりがついているのがわかったので、俺はスイッチを切った。

念のため受話器を上げてダイヤルをしてみたが、何の音もしなかった。

続いて倉庫を確認するが、やはりここにも脱出できそうな空間は一つも見つけられなかった。

時刻は夜の七時を過ぎたところだった。まだまだ夜は長い。焦らずに行動しよう。

店内の明かりを消し、通路奥へ入る。

コンクリート打ちっぱなしのままの廊下は、一目見ただけで脱出口がないことがわかる。

あてがわれた部屋と『かいはつしつ』とやらは後回しにし、廊下のさらに奥へ足を進めると、途中から暗くなっていた。天井を確認すると、途中からソケットに電球自体が入れられていなかった。

仕方がないので一度戻り、倉庫から脚立を出して店内の電球を二つほど抜く。再び廊下の先に赴き、天井のソケットに先ほど抜いて来た電球をはめ込んだ。

明るくなると、廊下はさらに先に延び、さらに左に折れているのがわかった。

角を曲がると、少し進んだ先に階段があった。

地上に出られるのかもしれない。

期待を抱いて階段を上ろうとしたが、すぐに砕かれる事となった。

「な、なんだこれ……」

階段の突き当たりに、使われていない椅子《いす》やテーブルが山積みにされていた。さらにそれらは、お互いを支えあうように何枚もの板切れと釘《くぎ》で固定されていた。

これらを解体するのは並大抵のことではないな、と絶望していると、少しだが、風を感じた。

この風はどこから？

積み上げげられたテーブルや椅子《いす》の隙間《すきま》から少しでも向こう側を見ようといろいろ体勢を変えた結果、ガラクタの向こうは大きな一枚板になっており、それが、少しずれていてこちら側の壁との間に少しだけ隙間を作っていることがわかった。

駄目もとでもやってみるしかない。

俺は倉庫をあさって工具入れを見つけると、それらを持ってガラクタの解体を始める事にした。

釘《くぎ》抜きとハンマーを駆使して板切れを剥《は》がしていく。残り数枚、となったところで、突如、目の前の椅子がバランスを崩した。

「ちょ、ちょっと待っおわ――――！」

雪崩《なだれ》式にそれらの上に詰まれていた椅子やテーブルがバランスを崩し、こちら側へ倒れこんできた。

一瞬支えようとしたがどう考えても手が足りない事に気付き、慌てて階段を駆け下りようとしたが、時既に遅し。

俺の体は大量の椅子やテーブルらと共に階段を転がり落ちていった。

「し、死んだかと思った……」

そう思うのは今日で一体何度目だろうか。

俺は自分の体の上に乗っている椅子をどかして何とか立ち上がる。

打ち身や打撲はあったものの、切り傷や骨折などはなさそうだった。

頭にも特に深刻なダメージは無いようだ。

痛む肉体を引きずりながら再び階段を上り、突き当たりの壁の前に置かれている食器棚らしきものをずらすと、壁と壁の間に隙間が見えた。その隙間から出られないものか、と思って手を差し込んでみたが、肘《ひじ》の辺りでつっかえてしまい、後はびくともしなかった。

「……まあ、最初からそうだろうと思っていたけどねっ」

わざとらしく元気な声を出してここからの脱出も諦《あきら》める。

うんざりしながら何度も階段を往復してガラクタを元通りに積み上げなおし、適当に板切れを打ち付けていく。完全再現など初めから諦めていたし、おそらく誰も気にしないだろう、と思った。

木材の破片が散っていたので、それらを箒《ほうき》とちりとりで掃除してから、廊下を引き返し、電球を元に戻す。

時計は既に十一時前を指していた。

次に『かいはつしつ』へと向った。

鍵《かぎ》がかかっているのだろうな、と思っていたが、意外にもすんなりとドアは開いた。

そこは十二畳ほどの広さで、中は大きなガラスによって二つに区切られていた。

手前側には壁際に付けられた長いテーブルが設置され、その上に何台ものパソコンのモニターとキーボードが並び、どれも電源が入ったままだった。

その中の一台に、見たことのある形が映し出されていた。

丸い二つの突起物を持つ長方形のブロックの下に、四つの輪がくっついている。

「……鉄火《てっか》のナックルか、これ」

視線を横にずらすと、業務用冷蔵庫ほどの大きさの物体が壁際に設置されていた。

その前面には小さなモニターが付いており、今見たナックルと同じ画面を映し出していた。

モニターの横には小窓があり、その中にはモニターの中のナックルと同じものが入っていた。

ただし、それはピンク色をしていた。

小窓をあけてそれを取り出すと、プラスチック製である事がわかった。実際に指に嵌《は》めてみると、人差し指部分の内側にトリガーのようなものがある事に気付く。実際に装着して左の手の平を軽く叩いてみると、殴ると同時にトリガーを引く仕掛けになっていることがわかった。

「……これが3Dプリンターってやつか。初めて見た」

ネットが繋《つな》がっていれば、メールなどで助けが呼べるかもしれない、と考えたが、どのパソコンも触れた瞬間にパスワード入力画面になってしまい、そこから先は進めなかった。

部屋を真ん中で区切る大きなガラス戸にはドアが一つ付いており、その向こうにはいくつもの棚と、保温器のようなものが並んでいた。テーブルの上にはデジタル顕微鏡《けんびきょう》やシャーレが置かれ、いくつもの試験管や小瓶《こびん》も見えた。

この部屋にもエアコン以外の通気口があったが、やはり狭くて通れそうもなかった。その他に、ダストシュートらしき蓋《ふた》を見つけたが、その入り口もまた狭すぎたし、蓋付近に粘り気を持った赤黒い液体がこびり付いていたので入る気にもなれなかった。

『かいはつしつ』を出て、念のため、シャワールームの天井の蓋をずらして天井裏を見てみたが、換気扇の装置以外何も見当たらず、また、四方はコンクリートで塞《ふさ》がれていた。

あてがわれた自室に入り、テーブルやベッドの下、扉付きのハンガーラックの裏などを確認してみたが、何もなかった。

これで確認できた。

この店には、脱出できるような場所が無い、という事を。

「その事がわかっただけでも、意味はあった！」

無理やり元気一杯の声を出して両手を上げたが、本当は泣きそうだった。

制服を脱いで洗濯機を回し、シャワーを浴びた。

店内に戻って明かりをつけ、倉庫から掃除機を出して稼動させる。

洗濯が終わったシャツとサロンをハンガーに吊《つる》してシャワールームに干し、ようやくベッドに倒れこんだ。

「……この店、消防法とかどうなってんだよ……」

そう呟《つぶや》くと同時に、眠りに落ちた。

三章　前略、仕事の話になりました。

1

監獄の中で、椅子《いす》にくくりつけられていた。

動こうとしても動けない。

目の前に鉄火《てっか》がいた。

「――で、三百万は用意できたの？」

「そ、そんな、約束は一週間のはずじゃ」

「お前なあ、あたしらが、そんな約束守ると思うか？」

春姫《しゅんき》が横で笑っている。

「残念だが時間切れだ。冷蔵庫の中は確認したか？」

四日市《よっかいち》が煙草《タバコ》に火をつけた。

「……え？」

「実は、冷蔵庫の奥底に、現金で三百万円隠してあったのでしたっ」

紙魚子《しみこ》がノートパソコンを掲げながらけらけらと笑う。

「残念でした。では、以後は死のコーナーの時間になります」

フヤラが巨大な拳銃《けんじゆう》をこちらに向ける。

「ま、待って！　もう一度チャンスを！」

「でも、もう遅いんだ」

砂混《さんじ》が足元に蹲《うずくま》っていた。

「僕はもう、君への拷問《ごうもん》を済ませちゃった後だからさ――」

見ると、両手足の先が、ぐずぐずの断面を見せた状態で、切り落とされていた。

「うわあああああああ！」


そこで目が覚めた。

ひどい夢だった。全身にぐっしょりと汗をかいている。

部屋には時計がないため今が何時かはわからなかったが、とりあえずシャワーを浴びる事にする。

顔が濡《ぬ》れているのに気づき、頬《ほお》を触ると、大量の涙を流していた事がわかった。

眠っている間に泣いてたのか。

フラフラとした足取りで部屋を出る。

そういえば昨日は一日何も食べていなかった。

洗濯機の前で服を脱ぎながら思い出す。

四日市《よっかいち》は弁当を持参していたし、紙魚子《しみこ》もコンビニのサンドイッチを食べていた。

当たり前のように、誰も分けてくれなかったなあ。

でも、今日からは注文した食材が届くはずだ。これでようやく栄養のあるものを食べられるはず。

そんな事を思いながらシャワールームのドアを開ける。

湯気がこちらへ流れ込み、眠気がとんだ。

「だ、誰っ?」

湯気の奥からそんな声が聞こえた。

俺は素早く視線を床から上へ移動させる。

なまめかしい肌色の足の上には、美しい曲線を持つ体と、黒く長い髪が見えた。

「て、鉄火《てっか》!」

「し、閉めろ、早く!」

俺は慌ててドアを閉めて自室に戻り、汗で濡《ぬ》れた服を再び着る。

漫画か。お約束の展開ってやつなのか。

いや、確認もせずにドアを開けたこちらが悪いのだ。申し訳ない事をしてしまった。

部屋のドアがノックされ、頭にタオルを載せ、学校の制服に着替えた鉄火が顔を見せる。

「――もう出たわよ。入れば」

「さ、さっきはごめん」

「――鍵《かぎ》をかけていなかったこっちも悪かったわ。あんたが住んでるの、忘れてた」

「は、はい」

「……二度とさっきの光景を思い浮かべないように」

「は？」

「即座に記憶を消去して。でないと強制的にデリートするわよ」

「わ、わかった！　なんか知らんがやめてくれ」

シャワーは浴びずに顔だけ洗い、制服に着替えて、店に出る。

時計は六時半を過ぎたあたりを指していた。

しまった。遅刻だ。

「――目覚まし時計を用意させたほうがいいか？」

四日市は既に来ていて、コーヒーを淹《い》れていた。

「君が六時に起きられるように、だ。何の準備も出来ていないじゃないか」

カウンターの上には、昨日俺が注文した食材や器具が既に置かれていた。

「あ、す、すみません」

俺は慌てて食材を冷蔵庫の中に入れ始める。

ベッドで眠れたことでつい、安心してしまった。俺はあくまで一週間、命の猶予が与えられているに過ぎないのだ。

「謝る必要は無いが、食事を出す、と言ったのは君だ。それなのに、準備を怠っているという事は、君が嘘《うそ》をついた事になる。それともあれは嘘だったのか?」

四日市《よっかいち》がサングラスの下からこちらを睨《にら》む。

「う、嘘じゃないです。すぐにやります」

注文していた小型の保存容器を洗い、きゅうりやトマトをスライスしながら、それぞれ詰めていく。

――そういえば、鉄火《てっか》は何故早朝からに店にいたのだろう。

「鉄火も、朝、ここで何か仕事をしてるんですか?」

「――いや、何も。あいつは、毎朝トレーニングがてら走ってここまで来るんだ」

それでシャワーを浴びていたのか。

「あ、あと目覚まし時計は……できればあるとありがたいです」

四日市はコーヒーカップを置くと、

「仕事はしてもらわなければ困るからな。用意させよう」

「あ、他にも注文ができるなら、替えの下着や靴下なんかもできれば……お願いしたいのですが」

「いいだろう。それはすぐに持ってこさせよう」

四日市は受話器を上げると、ダイヤルボタンを押し、

「――私だ。コンビニで、Tシャツと下着、それと靴下をいくつか買ってきてくれ」

と注文した。

「何か、すみません」

「構わない。どうせ経費は君の給料から引かれる」

「あ、そうですか」

本当にこの調子だと三百万どうやって稼げばいいのだ。

卵を二つ割り、マヨネーズと粉末だしを入れてかき混ぜ、油を引いたフライパンに三分の一を流しこみ、奥から手前に巻いていく。巻き終わるとそれを奥へずらし、残りをまたフライパンに流し込む。その過程を三度ほど繰り返し、卵焼きを作成する。フライパンを水だけで洗いキッチンペーパーで拭《ぬぐ》う。バターを入れて溶かし、耳を切り落とした食パンを二枚、表面に焦げ目が付くまで焼いた。

奥で髪を乾かしていた鉄火《てつか》が、カウンターに近づき、覗《のぞ》き込んできた。

まな板の上に食パンを一枚広げ、そこにもバターを塗り、スライスしたきゅうりとトマトを

並べ、ハムを一枚ずつ重ねる。その上に卵をのせ、もう一枚のパンで挟み、ラップで固めに巻いてしばらく置く。その間に洗い物を全部済ませた。

形が固定されたのでそのまま包丁を入れて二つに切り、ラップを解いてサンドイッチが完成した。

それを皿にのせ、コップに冷蔵庫から取り出した牛乳を注いだ。カウンターの椅子《いす》に座り、

「いただきます」

と言って一口食べる。

およそ一日ぶりの食事は、死ぬほど美味《おい》しかったし、体の隅々にまで活力が運ばれていくのが実感できた。昨日出来た傷も一気に回復するのでは？　と思えてしまうくらいに。

「それを、客に出すのか？」

調理を見ていた四日市《よっかいち》が座ったまま訊《き》いた。

「えーと、そのつもりですけど、駄目ですか？」

「駄目じゃないが——値段はいくらつける？」

考えた事もなかった。材料費自体はそんなにかからないし、手順も別に複雑では無い。何より、ただのサンドイッチだ。そんなたいそうな値段もつけられないだろう。

「よ、四百五十円で」

「七百円だ」

「高くないですか？」

「肉と野菜が入っているし、君の技術の値段だ。ハムと野菜を抜いて、卵だけのものを別で五百円で出すことにしよう」

「仕方がないわね」

鉄火《てつか》がこちらへ手を差し出した。

「本当にそれが七百円にふさわしい味かどうか、私が確かめてあげる事にするわ」

「……え？」

「残ってる分、こちらへ渡しなさい」

「……これ俺の朝ごはんなんだけど」

「渡しなさい」

喫茶店に山賊がでた。

鉄火は皿に残ったサンドイッチを掴《つか》むと、両手に持って食べ始める。

「ほいひい」

そりゃよござんしたね。

四日市は紙とペンをこちらに渡してきた。

「他に用意できる料理をここに書き出せ。値段は私がつける」

サンドイッチ系で、他に溶かしたチーズをのせたものとウインナーを使ったものを書き、パスタ系でミートソース使用とトマトソース使用、クリームソース使用と和風だし使用のものと、オリーブオイルのみを使用のものをそれぞれ書き出した。

酒のおつまみになるような簡単なつまみと揚げ物も書き出す。

「──メニュー表を増やす必要があるな」

四日市《よっかいち》は紙を眺めて呟《つぶや》く。

「昔から──旨《うま》いコーヒーを出す店で働くのが夢だった」

「そ、そうだったんですか」

「だから、アバラからこの店に誘われた時は、嬉しくてね。メニューにも、コーヒー以外は載せていなかったんだ」

俺は現在のメニューを横目で見る。コーヒー以外に、ソフトドリンクも記載されていたが、とりわけアルコールの種類が大半を占めていた。

「だが、どういうわけか誰もコーヒーを頼まないんだ……。みんな、牛乳をくれだとか酒を出せとか好き勝手言うから……仕方なくドリンクメニューを増やしたんだが」

四日市はカウンターを拳《こぶし》で叩いて俯《うつむ》いた。

「ここに来て食事メニューまでもが充実し始めるとはっ！」

オールバックにしていた前髪がはらりと落ちた。

「な、なんかすみません」

「いや、だが忘れないでもらいたい。ここはかつてコーヒー専門店だったということを……」

「あ、あの、俺、今度はちゃんとした状態で、四日市さんのコーヒーを頼んでもいいですか？」

「本当か？」

四日市が顔を上げた。

「き、昨日は鼻があんな状態だったので味も何もわからなかったので……今なら、キチンとコーヒーを楽しめると思いますし」

「仕方ないな。そこまで言うならとっておきのものを淹《い》れてあげよう！　鉄火《てっか》は？」

「いらないわ」

即答で拒否をする鉄火。

「これだ」

四日市は鉄火を指さした。

「私は本当はもっと、君のように味のわかる客相手に静かな仕事がしたいだけなのだ。なのにこいつらときたらコーヒーは飲まないしワーワー喧《やかま》しいし……これでは託児所と変わらん」

愚痴《ぐち》りながら四日市はサイフォンの準備をし始める。

「その言い方は託児所に失礼だわ。四日市、私たちの面倒なんか見たことないじゃない」

サンドイッチを食べ終えた鉄火が、指先を舐《な》めてから「ごちそうさま」と呟く。

「それより迅太《はやた》、七百円よ」

「何が？」

「サンドイッチの料金よ。払うわ。受け取りなさいよ」

「あ、どうも……」

俺は鉄火《てっか》から受け取った小銭をレジへしまう。

「お待たせ」

四日市《よっかいち》がコーヒーをカウンターに置いた。

「いただきます」

砂糖もミルクも入れずに、俺は一口含む。すぐに物凄《ものすご》い苦味が襲って来た。そして、少し酸っぱいかと思えばほんのりと甘かった。舌の上に若干の粉っぽさが残る。要するに、全然美味《おい》しくなかった。というか不味《まず》い。

「どうだね？」

四日市は笑顔で無邪気に訊《き》いてきた。

「お、おいしいですね……」

痺《しび》れが残る舌で、ようやくそれだけ答えた。

「そうだろうそうだろう！　よーし今日から朝と昼には、君の分のコーヒーも淹《い》れてやるとしよう！」

四日市は満足そうにはっはっはっと笑い、

「ちなみに代金は君の給料から引いておくからな」

と、真顔で付け加えた。

チクショー。

ともかくこれで、誰もコーヒーを頼まない理由がわかった。

2

七時直前に、コンビニ袋をぶら下げた紙魚子《しみこ》が来た。

「頼まれ物ですっ」

紙魚子から差し出されたコンビニ袋を受け取ると、中にTシャツや下着、靴下が入っていた。

「ありがとう、助かる」

「や、これくらいなら私でもできますしっ」

と、奥の通路へとバタバタと消えて、メイド服に着替えて戻って来た。

四日市は、先程俺が書いた食事表を紙魚子に渡す。

「新しくメニューを作成してくれ」

「わー。一気に増えましたねー。あ、このチーズトースト、食べたいな……」

紙魚子はノートパソコンを起動させると、デザインソフトを開き、高速でキーボードを叩いていく。

「チーズトーストですって？　なんて心躍る響きなのかしら」

鉄火《てっか》が目を輝かせる。

「でも食べすぎは良くないの。ああっでも食べたい……でもダメ」

床掃除をしている俺の背後で鉄火が何やら一人で頭を抱えている。

「開店しよう」

四日市《よっかいち》の声で、俺は看板のスイッチを入れた。

早速、鉄のドアが開く音がした。

「い、いらっしゃいませ」

また春姫《しゅんき》みたいな危険人物だろうか、と身構えたが、入ってきたのは上品そうなお婆さんだった。

「一名様ですか？　お好きな席へどうぞ」

「新しい人なのね。紅茶をいただけるかしら。ホットで。ミルクも添えて」

「かしこまりました」

お婆さんは壁際の席へ座り、手袋をしたままマッチ箱を取り出す。

正直、この店にはそぐわないような雰囲気を漂わせていたが、見た目で判断してはいけない。彼女も、カードキーを渡されているのだ。気を抜かないようにしよう。

カウンターへ戻ると、オーダーを告げる前に、四日市はもう紅茶の準備をしていた。

「彼女は決まって新聞を読む。全種類持って行け」

「どうぞ」

朝刊の束がカウンターに置かれていたので、おしぼりと水、灰皿と共にそれを持っていく。

「ありがとう。最近はどんどんと禁煙の店ばかりでね。この辺じゃここくらいになってしまったわ。人目を気にせず吸えるのは」

「なんかそうみたいですね」

お婆さんは小さな箱を取り出し、その中から一本抜いて火をつける。

俺自身はもちろん喫煙の習慣はないが、じいちゃんとばあちゃんは両方喫煙者だったので煙草《タバコ》の煙は平気だった。むしろ、懐かしさを覚えるくらいだ。

ふと、このままここで働き続けるのも悪くない、という考えが頭をよぎった。ここには、俺の仕事がある。注文をとり、食事を作り、フヤラや紙魚子《しみこ》に様々なことを教え、生活を続けていく。

それに、自分はこのまま殺されずに済むのではないか、とも思い始めていた。

現に、今だって、すぐに殺されそうという気配はない。そもそも、劇場に入り込んだだけで殺されるなんておかしな話だ。

「帰ってきたらチーズトーストを食べるからね」

スカジャンを羽織った鉄火《てっか》が笑みを浮かべる。

「……わかった、準備しておく」

あんな風に笑える女の子が、人を殺すようには見えない。というか、そう思いたい。

鉄火が「行ってきます」と店を出て行った。

四日市《よっかいち》がカウンター上のベルを鳴らしたので淹《い》れたての紅茶と、小さいカップに入れられたミルクを持っていく。

「ありがとう」

お婆さんは紅茶を一口飲むと、

「美味《おい》しいわ」

と笑顔になった。

思わずこちらも嬉しくなってしまう。

紙魚子《しみこ》が、新たなメニューを持ってきた。パソコンで作製しプリントアウトし、ラミネート加工したものだ。

「はい、出来ましたっ。これ、今日からの新しいメニュー表です」

早い。もう出来たのか。

見ると素人《しろうと》離れしたデザインとフォント使いで、まるでプロの仕事としか思えなかった。

個人情報を暴く以外にもできることあるんだ。

「もしかしてですが高柳《たかやなぎ》さん、なにか失礼なこと考えてませんっ？」

「ごめん、正直考えてた」

「どれ……あら、お食事ができるようになったの」

お婆さんは眼鏡《めがね》を取り出し、メニューを眺める。

「今日からですよ。今ならご注文第一号ですっ」

紙魚子がなぜか胸を張りながら言った。

「それじゃあ頼んでみようかしら……えーと、この、卵サンドというのをいただける？」

「オーダー！　卵サンドですっ」

紙魚子が片手を挙げて俺の顔を真っすぐに見ながら快活に告げた。

「……いや、目の前で聞いてたから、俺も」


キッチンへ入り、早速準備を始める。

卵サンドは砂糖を入れて、先程自分が作った時よりも卵の味を甘めにし、からしとマヨネーズを混ぜたものをパンに塗る事にした。

「普通のお客さんも来るんですね」

手を止めずに四日市に話しかける。

「ん？　何の話だ？」

「あのお客様です。この店、なんていうか、その、特殊なお客さん相手なんだと思っていたので……拷問《ごうもん》のプロとか」

四日市《よっかいち》が何も答えなかったのでそちらを見てみると、口に煙草《タバコ》を咥《くわ》えたまま、止まっていた。

「あれ？　聞いてます？」

「あ、ああ、いや、すまない。聞いていた。……そうか、それもそうだったな」

と、何か自分だけが何かを納得したようにうんうんと頷《うなず》いてから、

「ま、他にもいろんな客が来るさ」

「でもあの方だって、カードキーを持つことを許されてるわけですよね？　選ばれる基準ってなんなんですか？」

「――気になるなら、自分で聞いてみたらどうだ？」

「……怒られたりしませんかね」

「さあな」

四日市は喉《のど》の奥だけで笑った。

「お待たせしました」

「あら、とっても美味《おい》しそう」

お婆さんは手袋を外すことなく両の手の平を合わせ「いただきます」と言ってサンドイッチ

を一口かじり、

「思ったとおり、とっても美味しいわ！」

と、右手の親指を立ててこちらへ突き出してきた。

「今度から朝はこれにしましょう。そう決めた。朝ご飯食べずに来て本当に良かったわ！」

「あ、ありがとうございます」

俺は自分の立場も忘れて、本気で喜んでしまった。

でも、駄目なんですよお婆さん。このメニュー、このままだと一週間後にはまた消えてしまうんです。

それからお婆さんはゆっくりと時間をかけてサンドイッチを完食し、お代わりの紅茶を飲んで細い葉巻に火をつけた。

心の底からリラックスしているように見えた。今なら、質問にも答えてもらえるのでは無いだろうか。

「つかぬ事をお聞きしますが」

「なんでもどうぞ」

「――他の喫茶店ではなく、どうしてここが良いんですか？」

「そうねえ。端的に言うなら――」

お婆さんは紫色の煙を吐く。

「――この店にしか、来られないからよ」

「いや、でも、煙草《タバコ》を吸えるお店はまだ他にもありますし」

「そういう意味ではないわ。他の事を気にすることなく、心から落ち着ける店が、ここしかない、という意味よ。この店に訪れるのは、全員、そういった客ね」

「つまり、それはどういう」

お婆さんは手袋を外し始めた。

「想像してみて。他の喫茶店に行って、常連客と仲良くなるとするわね。すると一人が訊《き》いてくるの。あなたいつも手袋しているわね。外さないの？　ってね。そこで私はちょっと困りながらも手袋を外して、こう答えるのよ。なるべく人前では外さないようにしているの。だって恥ずかしいんですもの」

お婆さんは手袋を外した手の平をこちらへ開いて見せる。

両方の手の平の真ん中に、大きな傷跡が一つずつあった。

「昔、穴を開けられたことがあったから。って。次の日からまたそのお店で私が同じように紅茶を楽しめると思う？」

「いえ……」

「そういうこと。だけど、この店に来てさえいれば、そういう馬鹿な質問を受けることもなく、実に落ち着いていられるってわけ。わかったら、人様の上着のポケットに手を突っ込むような真似《まね》は、これを最後にするべきね。あなたみたいにどこのお店にもいけるような人がここで少しでも長く働けるコツは、そこにあるわ」

お婆さんはこれ以上なく上品に微笑《ほほえ》んだ。

「……失礼しました」

四日市《よっかいち》の押し殺した笑い声が背後から聞こえた。


昼過ぎにフヤラがやって来た。

今日はサイズの合っていない部屋着姿ではなく、恐ろしく丈の短いパンツに、左右でデザインも長さも違うオーバーニーのソックスを履き、ぶかぶかのパーカーを着ていた。パーカーが巨大すぎるため、パッと見、下に何も履いていないように見える。

パーカーのフロントには大きく『残留思念』と書かれていた。

どういう意味？　ていうかどこで売ってるのそれ。

「昼ご飯食べた？」

と訊くと、

「今から摂取をします」

と答えて冷蔵庫に近づこうとするため、阻止する。

よし、フヤラに対する食事と作法の時間だ。

頬《ほお》を歪《ゆが》めて明らかに不満そうな表情をするフヤラを座らせ、俺は自分の分と一緒にパスタを茹《ゆ》ではじめた。

同時にフライパンを火にかけて小さく刻んだ鷹《たか》の爪《つめ》とニンニクをオリーブオイルで炒め、下茹でしておいたアスパラガスとぶつ切りにしておいた蛸《たこ》を投入し、少しだけ炒めてからトマトソースと塩、中華スープのだしを投入し、パスタの茹で汁を混ぜ合わせる。弱火にして茹で上がったパスタもそこに投入した後、混ぜ合わせて火を止めた。

皿に盛り付けてフヤラに出す。

「これイズ何」

「蛸とアスパラのアラビアータ。あれ、ひょっとして蛸苦手だったとか？」

フヤラは首をブンブンと横に振った。

「これが食事だ。さあ、食べよう」

「フヤラはシリアルとコーラで充分なのですが……」

匂いに負けたのだろう。フヤラのお腹《なか》が大きな音を立てた。

フォークとスプーンを掴《つか》んだので、その手を制する。

「食べるなと？」

フヤラは目を大きくさせた。

「違う。いただきます、してから」

「いただきます」

手を合わせてフヤラがぺこりと頭を下げると、

「歴史が動いたぞ。フヤラがいただきますをした！」

背後で四日市《よっかいち》が立ち上がった。

フヤラは物凄《ものすご》い勢いでパスタの玉を作り、口に放り込んでいく。

「わー、いい匂い」

コンビニのサンドイッチを持ったままの紙魚子《しみこ》が寄ってきた。

「すごく美味《おい》しそう」

「紙魚子。美味しそうは間違い。正解は、美味しい、です」

フヤラは口の周りにトマトソースをたっぷりと付けたまま訂正した。

「いいなー。ね、フヤラ、少しだけこれと交換しない？」

紙魚子はサンドイッチを差し出したが、

「それは等価交換とは言えない」

と、キッパリと拒否されてしまった。

「あうー」

紙魚子があからさまに肩を落としているので、

「俺のでよかったら食べる？」

皿を紙魚子《しみこ》の方へ差し出した。

「い、いいんですかっ？」

紙魚子は顔を輝かせると、自分の食べかけのサンドイッチとパスタの間に数回視線を移動させ、

「た、食べます？」

と、サンドイッチを差し出してきた。

「いや、大丈夫。交換じゃなくても、食べていいから」

「あっ、いい人ですねっ！」

紙魚子はフォークだけでパスタを丸め、一口食べた。

「あっ美味《おい》しいっブフォッ！」

一言発した後に突然、むせて咳《せ》き込む。

「だ、大丈夫？」

「大丈夫です−……唐辛子《とうがらし》の本体がダイレクトに飛び込んできただけで……」

紙魚子はしばらく呼吸を整えてから涙を拭《ふ》いた。

「私も明日から、高柳《たかやなぎ》さんの作ったお昼ご飯にしようと思いますっ！　いいですよね？」

「あ、う、うん。三人とも同じメニューで良ければ」

「もちろんいいですよっ。あ、そうだ、四日市《よっかいち》さんも、」

「私は結構！」

前のめり気味に四日市《よっかいち》は手を真っすぐに伸ばし、紙魚子《しみこ》の提案に拒否を示した。

「いや、君の料理がどうこう、というわけではなく、私には、この、妻の手作り弁当があるものでね」

「あ、そうですか」

というか、結婚していたんだ。

「ちなみに私は、妻の手料理より旨《うま》いものはこの世に存在しないと認識しているのだ」

誰も何も言っていないのに四日市はそう付け加え、喉《のど》の奥だけで笑った。

「『旨み』が、遷音速《せんおんそく》で口の中を通過していきました……」

紙魚子に口の周りを拭《ふ》いてもらいながら、フヤラは自分のお腹《なか》をぽんぽんと叩いて呟《つぶや》く。

「そんな大袈裟《おおげさ》な」

正直、そこまで凝《こ》ったレシピでも何でもなかったのだが、喜んでもらえて嬉しい。

「本当です。『旨み』が通過した結果、味の壁が口の中に存在し、パスタを全部食べてしまったというのにフヤラの舌にはまだその味が残っています」

「歯磨きの必要性を感じますねっ」

「そうだね……」

こうして話していると、やはり普通の人々となんら変わらないように感じてしまう。普通の喫茶店のマスターと、年相応の女の子たちだ。だけど、先程のお婆さんの言葉が頭に残る。

――心から落ち着ける店が、ここしかない、という意味よ。

3

カウンターの上の電話が鳴った。

「――私だ」

四日市が受話器を取る。

「――今日ですか？　そうですね。鉄火《てつか》が来るくらいの時間に合わせてくれれば。――わかりました」

相手にそう告げると、四日市は受話器を置いた。

「客、ですか」

紙魚子が静かな声で訊《き》く。

紙魚子のこんな声は初めて聞いた。少し背中が冷える。

「そうだ。四時頃に連れてくるように頼んだ」

あと一時間ほどだ。

「高柳《たかやなぎ》さんはどうすることになりますか？」

紙魚子《しみこ》が四日市《よっかいち》に尋ねた。

「アバラが言うには、噛ませろ、とのことだ。従業員として、その場にいてもらう」

「ですって。頑張りましょうね、高柳さんっ」

紙魚子は握り拳《こぶし》をこちらへ突き出してきた。

「が、頑張るは頑張るけど、何、今までのお客さんと、何か違うの？」

「この後来る客は――いわゆる、招待客だ」

「招待客」

「つまり、カードキーを渡されていない。だから、持っているものが、招待して連れてくる、というわけだ」

一見さんお断り、みたいなシステムなのだろうか。それにしても、噛《か》ませろ、とは一体？

四時前に、鉄火《てっか》が現れた。

「ただいま。看板が消えてたけど、もしかして」

「――招待客だ」

「人数は？」

「三人連れてくるそうだ」

三人ね、と口の中で呟《つぶや》いてから、鉄火は他のテーブルの椅子《いす》を移動させ始める。

「な、何してんの？」

「手伝ってくれる？　こっちに椅子を三つ並べるのよ」

鉄火の指示でテーブルを挟んでカウンター側に椅子を一つ。反対の入り口側に三つを並べる。

カウンター前で四日市と話していた鉄火に呼ばれた。

「アバラの指示みたいだから、あんたにも役割を与えるわ。迅太《はやた》は基本的に、ウェイターしといてくれたらそれでいいから。ただ、何があっても、無表情をつらぬくこと。喋《しゃべ》っていい言葉は一つだけ。『かしこまりました』。あと、私が二回、合図を出すから、それで看板のスイッチをそれぞれ一度ずつ押すこと。消して、その後、つける。わかった？」

「わ、わかったけど、何が始まるんだ？　客が来るってだけじゃ」

「はい、くりかえして」

鉄火は手の平を上に向けて促す。

「……無表情で、仕事をする。何を言われても『かしこまりました』。合図があったら壁のスイッチを消して、それからつける」

「上出来よ」

「質問には答えてくれないのか？」

「そこまでだ——来たぞ」

会話は四日市《よっかいち》に遮られてしまった。

4

四日市がテーブル席に座る。

鉄火《てっか》が、カウンターの天板を軽く二回、人差し指で叩いた。

鉄火も落ち着かないのだろうか。

それにしても、今から何が行われるのだろう。カードキーを渡してもいいかどうかを見極める面接みたいなものか？

鉄火が再び、こちらを睨《にら》みながらカウンターを指先だけで二度叩く。

先程よりも強い。余程神経を使う事態が今から起こるということか。

「迅太《はやた》！」

鉄火が今度は拳《こぶし》でカウンターを強く二回叩いた。

あ、ああ、これ、合図か。気付かなかった。

「か、かしこまりましたっ」

慌てて壁のスイッチを消灯させる。

それが外にいる人物への合図にもなっていたのだろう。ロックが外れる音がし、取っ手がぐるりと回ってドアが開き、三つの影が入店して来た。

「うお、マジ？　マジで喫茶店じゃん」

「すげえ、全然知らなかったわー」

「べーやー。俺写真撮っちゃお」

驚いた事に入ってきたのは、普通の、どこにでもいそうな若い三人組であった。

全員が前髪をもっさりと前に流したようなマッシュルームカットをして、似たような細身のパンツ姿だ。

「はいはいはいおにーさんたち、写真は勘弁してもらえるかな？　さ、早く入った入った」

彼らの後ろにいたのは愛想のいい笑顔を浮かべた春姫《しゅんき》であった。カードキーを持っている。

彼らを連れてきて、消灯の合図でロックを解除したのは彼女だろう。

「まじでオッシャーな感じじゃん。俺気にいったし、ここ」

「ミーティングとかでも使えんじゃゃん？」

「なんて店だっけか。食べログ見てみよーぜ」

春姫がぐいぐいと背中を押すが、三人はちっとも着席しようとしない。

「おい！」

テーブル席の四日市が大声を出した。

三人は驚いた風に固まってしまう。

というか、俺も驚いた。

四日市《よっかいち》は体ごとこちらを向くと、

「灰皿を持ってきてくれないか？　灰が落ちてしまいそうなんだが」

俺に指示を出す。

「か、かしこまりました」

俺は慌てて無表情を作り、静かにそう言うと灰皿を手にしてテーブルへ運ぶ。

「ほら、スマホしまって？　さ、お話ししよーぜ」

春姫《しゅんき》は三人をテーブルに着かせ、自分は彼らの背後の椅子《いす》に座った。

俺は水とメニューをテーブルに置くとき、一瞬「お待たせしました」と言いそうになったが、それは喋《しゃべ》っていい言葉に含まれていない事に気付き、無言のままテーブルから離れる。

「ここは喫茶店だ。まずは何か注文しろ」

三人の正面に座った四日市が煙を吐くと、彼らはメニューを手に取った。

「じゃ、じゃあ、ビールで……」

「俺も」

「同じのを」

三人は渋々手を上げた。

「よろしい。では、話を聞こうか」

「こ、ここでですか？」

一人が驚きの声を上げる。

「何か問題でも？」

四日市は新しい煙草《タバコ》に火をつける。

「だ、だって……なあ？」

他の二人も頷《うなず》いた。

「どうしたのかね」

「ひ、人がこんなに沢山いる中で、なんて想像してなくて」

四日市は無言で前髪をかきあげる。

これまでと明らかに様子が違う。四日市だけでなく、他のメンバーの周りの空気も、ぴりぴりしているように感じる。

――招待客、とはどういう存在なのだ？

四日市は煙をゆっくり吐くと、

「気にすることは無い。全員、ウチのチームだ。誰一人として、このことを他言はしないし、実際に行動するのは――彼女たちだ。そうだな、紹介しよう」

そう言って一人一人を指差し始める。

「君たちをここへ連れて来たのが、春姫。カウンターに座っているのが、鉄火《てっか》。パソコンを広げているのが紙魚子《しみこ》。そして、ウェイターをしているのが——」

四日市《よっかいち》は一瞬間を空ける。

ほ、本名を言われてしまうのだろうか。

四日市はこちらを向いたまま目を閉じた。

「——ヤナちゃんだ」

「「「ヤナちゃん……」」」

三人組が声を揃《そろ》えて呟《つぶや》く。

なんでそんな名前なんだ。もう少しカッコいい感じの、何かなかったのかよ四日市さん！

春姫《しゅんき》も鉄火《てっか》も紙魚子も全員顔を背《そむ》けて肩を小刻みに揺らしているし、四日市は頬《ほお》を紅潮させていた。


「——というわけで」

ようやく落ち着きを取り戻した四日市が仕切りなおす。

「ビジネスの話をしよう。まずは自己紹介をしてもらおうか」

四日市の声が、冷たい響きを持ち始めていた。

鉄火も春姫も紙魚子も、誰も動かない。

店の照明は触っていないのに、薄暗くなっているように感じられた。

仕事の話が始まったのだ。

空気がピンと張りつめる。俺も動けずにいた。

三人はしばらくお互いの顔を見合わせていたが、やがて一人が軽く手を挙げると、

「村西圭吾《むらにしけいご》です」

「おいおいおい、聞いてた名前と違うぜ、村山健治くん。一体どっちが本名なんだ？」

「ど、どうしてそれを——」

「調べたからだよ。得体も知れないようなやつをここに連れてくるわけにはいかねーからさ」

春姫はメモ帳をめくりながら邪悪な笑顔を作る。

「そういうことだ。小賢《こざか》しい駆け引きがしたいのなら相手を選ぶ事だ。こちらは、今すぐにでも君たちに退店願ってもいいんだぞ？」

四日市は細長く煙を吐いた。

「で、でもそっちだって本名名乗ってないのに——」

「立場が違う。そこを誤解するな」

「それに、個人情報をどうやって勝手に」

「——おい」

四日市は俺の方へ顔を向ける。

「お会計だそうだ」

「か、かしこまりました」

え、どうすりゃいいの。お金もらって追い出せばいいのか？　暴れられたら誰か助けてくれるんだろうな。

意を決してできるだけ無表情を保ったまま、ゆっくりと彼らへ近づいていく。

「わ、わかった！　話す、話すから待ってくれ！」

一人が観念した。

あー怖かった。

「前島浩一郎《まえじまこういちろう》です……」

「さ、相良孝広《さがらたかひろ》」

「……村山健治《むらやまけんじ》」

前島はすっかり萎縮《いしゅく》した感じで、相良は辺りを落ち着かなさげに見ながら、村山はすっかりふてくされた様子でビールを飲みながら自己紹介を済ませる。

三人の名前を聞いた途端に紙魚子《しみこ》はすごい速度でキーボードを叩き始めた。

「上出来だ。で？」

四日市《よっかいち》の問いに相良が写真を一枚取り出す。

「栗原幹也《くりはらみきや》ってやつです」

若い男性が写っていた。

「で？　この栗原がどうした？」

「──そいつ殺して」

村山がつまらなそうに言い放った。

今なんて？　殺して？　それって、つまり──。

「わかった。ではそのようにするとしよう」

四日市は声のトーンを変えることなく、

「いつまでだ？」

と訊《き》いた。

え？　わかった、って？　今依頼を受けたの？　そんなあっさりと？

「今すぐ！　あいつ、俺たちの金を盗んだまま消えやがって。このままだと、外国へ逃げちゃうかもしんない！」

村山は堰《せき》を切ったように興奮している。

「それは不幸な事だな。一体何があった？」

「……俺たちグループで会社を設立したんですけど」

相良が落ち着かない様子で説明を始める。

「その会社の金を、栗原が持ち逃げしてしまったんです」

「ふん。そういうとき、普通の人間なら警察署に駆け込むものだと思うが、そうしなかった理由はなんだ？」

「――それをあんたが言うの？」

村山《むらやま》が挑発的な声を出す。

「警察じゃあ、解決できない事もあるんですけど。知ってたと思ったけど？」

四日市《よっかいち》は喉《のど》の奥だけで笑った。

「確かに、そうだな。そのことならよく、知ってるさ」

「それに栗原《くりはら》は、俺たちをコケにしたから。そういうことするとどうなるかってのを、よくわからせてやる必要があるわけ」

村山は神経質そうに前髪を何度も触る。

「本人にか？」

「周りのやつらにも、だよ」

四日市の質問に村山が邪悪な笑みを浮かべる。

「――わかった。それじゃあ取り掛かるとしよう。聞いていると思うが、前金が必要だ」

「おい」

「あ、ああ」

村山に言われて、前島《まえじま》が分厚い封筒を取り出した。

四日市はそれを受け取ると、俺に投げて寄越《よこ》した。

「数えろ」

「かしこまりました」

中を覗《のぞ》くとピン札の一万円がぎっしりと詰まっている。

十枚ごとの束に分けながら数えると、全部で百五十枚あった。

「百五十万あるはずだ。レジにしまっておいてくれ」

「かしこまりました」

レジに金をしまいながら、指先が震えているのに気が付いた。

これを受け取るということは、その栗原という人物を、殺すということだ。

本当に彼女たちはその事を理解しているのだろうか？

鉄火《てっか》はさっきからずっと、刺すような視線で彼らを観察している。紙魚子《しみこ》はノートパソコンに何かを打ち込んではエンターとクリックを繰り返している。春姫《しゅんき》は彼らの背後でずっとニヤニヤしている。

理解しているのだ。恐らく俺以外の全員が、その事をよく理解しているのだろうし、そしてこれまでに何度も、そういう事をしてきたのだ。

そして俺もまた、いずれ彼女たちに殺されるのだ。先程のやり取りのように、あっさりと。

そのことが急激に身近に迫って来た。

——殺し屋。

その言葉がしっかりと頭の中に貼りついた。

普通の喫茶店のマスターや年相応の女の子に見え始めていたがそれは間違いだ。

やはり彼らは依頼を受けて人の命を奪うことを生業《なりわい》としている、殺し屋なのだ。

ここは、殺し屋が集まる喫茶店だったのだ。

「残り二百五十万は、終わった時に。また連絡する」

四日市《よっかいち》は椅子《いす》から立ち上がる。

「連絡って――」

「また彼女が連れてきてくれるわけ?」

前島《まえじま》が不安そうに、村山《むらやま》が挑発するように訊《き》いた。

その瞬間、三人のスマホに同時にメールが届いたようだった。

「――このように、メールを送る」

四日市が手でどうぞ、と示すので、三人は慌てて自身のスマホを確認する。

「ど、どうしてメアドが」

「ていうか、この写真!」

「なんでこれが?　どこにもアップしてないやつなのに」

前島と相良《さがら》は、すっかり顔から血の気をなくし、村山も小刻みに震え始めた。

紙魚子《しみこ》が目を逸《そ》らしたままおずおずと手を上げ、

「アップしてなくても、ネットに繋《つな》いだ端末には保存してありますよね？　お三方の、ファイル共有ソフトに侵入して拾っただけですから……」

とんでもない事を言いながらえへへ、と笑った。

紙魚子もあっさりと犯罪に手を染めている。

どんな写真かはわからないが、脅迫の効果があるようなものなのだろう。

鉄火《てつか》がカウンターを二回指先で叩いた。合図だ。

その指先が俺の心臓を叩いたかのように思われた。全身から汗が吹き出る。

俺は震える指先で看板のスイッチを今度は点灯させる。

同時に、ロック解除の音がして入り口のドアが開き、尋《たず》がその巨体をかがめながら入ってきた。

「営業再開だ。帰んな」

尋が三人組を立たせる。

すっかり涙目になってしまった三人組は我先にと駆け出していった。

5

「——随分と若い客だったたな」

尋《たず》はサングラスを外し、目の下の傷跡を指先でなぞりながら、近くにあった椅子《いす》に座る。

「全員二十六歳。栗原幹也《くりはらみきや》含め、成苑《せいえん》大学経済学部出身ですっ」

紙魚子《しみこ》が無邪気に個人情報を明かす。

俺は動くことができなかった。さっきまでジープの後部座席に座っていたのに、気付いたらサバンナの真ん中、ライオンの縄張りの中に取り残された気分だった。自分以外の今この場にいる全員が殺し屋、もしくはそれをサポートする者。

真っ先に思い浮かんだ言葉は「警察」だったが、スマートフォンもないアフリカの広野でその言葉にどれほどの価値があるのだろう。

紙魚子がこちらに手招きをしていたので、ゆっくりと近づく。

「さっきあの人らに送った写真なんですけど」

「……どんなの」

「酔っ払った三人が思い切り下劣な行為に及んでる写真です。『セルビアン・フィルム』って映画知ってます？　あれより少しマシかな、程度の。見ます？」

「知らない。見ない」

想像すらしたくなかった。

紙魚子は、素早くそれらの写真をフォルダに仕分けながら、

「あー。ハードディスクが汚れますねっ」

などとブツブツ不満を漏らしていた。

「――で、俺は何すりゃいい？」

尋の質問に四日市《よっかいち》は栗原の写真を渡す。

「栗原幹也だ。こいつを見つけて、連れてきてくれ」

「わかった。今どこにいるんだ？」

「知らん。あいつらの金を持って逃げてるらしい」

「そりゃいいことしたな」

尋は栗原の写真をしまいこむ。

「紙魚子、栗原ん家の住所は？」

春姫《しゅんき》は紙魚子のパソコンに顔を寄せる。

「ここですね。プリントアウトしますか？」

「大丈夫、覚えた」

「じゃー、ちょっくら行ってくっか」

春姫と尋が店から出ようとしたその時、

「ちょ、ちょっといいですか」

紙魚子がおずおずと手を挙げた。

「――どうした紙魚子」

「見てもらいたいんですけどっ」

紙魚子《しみこ》はノートパソコンを指差し、全員がその周りに集まる。

「あの人たちが立ち上げたという、会社のサイトです」

そこには、シンプルなデザインのホームページが表示されていた。

「何する会社なの？」

鉄火《てつか》の疑問に、紙魚子がクリックをして画面を切り替える。

「ウェブデザインやアプリの企画開発、その他、イベント宣伝やコンサルタントなどやってるみたいですが……業務実績のページを見ても、ほとんどが友人、知人のお手伝いレベルでまともな実績は無いに等しいですねー。しかも、ここ一年ほどは何もしてないみたいです」

「栗原《くりはら》が金を持ち逃げしたのもその辺が原因だろうな」

四日市《よっかいち》はサロンの紐を解き始めた。

「で、見てもらいたいのはここです。会社のメンバーを紹介しているページなのですが」

紙魚子がクリックすると、五人の若者が並んでいる写真が表示される。

そのうち三人は先程の村山《むらやま》、相良《さがら》、前島《まえじま》だ。少し後ろに栗原が立ち、その隣に、もう一人並んでいる。

「この人は誰なの？」

鉄火が尋ねる。

「結城知生《ゆうきともお》、という人らしいです。アプリ開発担当とかで」

「――一度も話には出てこなかったな」

四日市が不満そうな声を出す。

「で、調べてみましたところですねっ」

紙魚子は画面を別のサイトに切り替える。

ニュースサイトの記事だった。

そこには、『会社員男性、落下し死亡』と書かれていた。

「去年末に、自宅のベランダから、酔っ払って墜落死していました」

「なあおい」

春姫《しゅんき》が顔に貼り付けた笑顔を歪《ゆが》める。

「それって――本当に事故なのか？」

「警察はそう判断したみたいですけど……この結城が住んでたマンションって」

「――同じか」

尋《たず》がサイトに張られていた事故現場の写真を見ながら呟《つぶや》いた。

「そうなんです。栗原の家と、同じマンションなんですよ」

「はっは！」

何がおかしいのか春姫が手を叩いて笑う。

「百パー、あいつらが落としたんだ。賭《か》けてもいい。そうじゃないなら、結城《ゆうき》の話をしないのは不自然だろ?」

俺の顔を見て笑顔で同意を求めるが、そんなことはわからなかった。

「どのみち、栗原《くりはら》を捕まえて話を聞けばわかる話だ。早速取り掛かってくれ。私は帰る時間だ」

見ると四日市《よっかいち》はいつの間にかすっかり着替えを済ませていた。

時計を見ると午後五時四十五分を示している。

「たまにはおめーも動いて捜せよ? 仲間が必死こいてんのに自分は布団の中って寝付きが悪くならねーのか」

春姫《しゅんき》が不満を漏らす。

「ならない。むしろいつもよりも心地よく眠れる。何を言われても気にしないぞ、春姫。私の仕事はこの店の中だけだ。適材適所とはそういうことだ」

春姫が四日市の言葉に舌を出した。

「それじゃあ高柳《たかやなぎ》くん。閉店作業と明日の準備は任せたからな」

四日市は上着を羽織る。

——行ってしまう。

四日市がこの場を離れれば、きっと自動的に事態は進み始める。

——その前に。

言っておかなければいけない。言わない方がいいことはもちろんわかっていても、黙って事態が進んでいく前に。

彼らが本当に殺し屋だとはどうしても思えなかった。思いたくなかった。

だが、もし本当に殺し屋だとするならば、なおのこと言っておかなければならない。ここ数日しか知らないが、言葉が通じない人たちではないのだ。

「あ、あのですね」

「――どうした？」

ドアの前で四日市が立ち止まった。

「その、事実がどうあれ、やっぱり、こ、殺すのは良くないんじゃないかと思います」

誰一人、眉《まゆ》すら動かさない。

「盗んだお金を取り戻して、返して、それで終わり、というわけにはいかないでしょうかね？　いくら悪い事をした人とはいえ、殺すというのはやりすぎな気が――」

「わかったぜ迅太《はやた》。おめー、やっぱり警察じゃなくって、どうやら神父だな？　しかもなりたてだ。説教の方法も身につけてない」

春姫がニヤニヤと人差し指を突きつけてくる。

「いや、冗談じゃなくて」

「そうね、冗談じゃないのよ」

鉄火《てつか》はいつの間にかナックルを装着し、左手をこちらの顎《あご》の前に伸ばし、握りこんだ右手を大きく後ろに引いていた。

「そう、高柳《たかやなぎ》くん。冗談なんかじゃないんだ」

四日市《よっかいち》はドアの前でこちらを振り返りもしない。

「彼らは殺して欲しい、と頼み、私は、わかった、と言った。この話は、そこがふり、だ、し、だ。コマが進んだり戻ったりする事はあっても、ふりだしのコマ自体が変わることは無い。話は以上だ」

四日市はナンバーキーを操作し、出て行ってしまった。

鉄火は体勢を崩そうとしない。

「あんただって、棺桶《かんおけ》の中にいるのを忘れない事ね。蓋《ふた》を打ち付けるまでの時間が、少しの間延びてるだけに過ぎないんだから」

わかっていた。というか、自分の立場を思い出した。しかし、自分がもうすぐ死ぬからといって、他の人が死ぬのも黙って見過ごせ、というのは我慢が出来なかったのだ。

「……わ、わかった」

「ふん」

鉄火はようやく拳《こぶし》を引っ込め、身支度を始める。

「よう。あたしらに善い事と悪い事についての説教続けたいなら、地面の中で好きなだけするといいぜ」

春姫《しゅんき》はケタケタと笑う。

「──まあ、内容がどうであれ」

尋《たず》はサングラスをかける。

「──意見を言うのはいいことだ。そこから、お前がどういう人間なのか、周りが知っていく事になる。そうすると、自《おの》ずと立ち位置が変化していくからな」

俺の肩を二回軽く叩き、尋は出て行った。春姫もそれに続いて出て行く。

殺す事、を思いとどませることはできなかったが、これは予想していた通りなので別に落ち込んではいない。

嫌だったのは、本当に殺されてしまった時、何か他にも出来たことがあったんじゃないだろうか、と後悔することだ。

6

閉店作業を一人で黙々とこなしながら、考える。

殺す殺さないが本当の話かは確信は持てないが、恐らく、本当の話なのだろう、と思う。

現実問題として、俺自身がもう二日間も、ここに監禁されてる状態なのだ。まず、その事にここに来る誰も反対の意を示さない。話の通じそうな紙魚子《しみこ》でさえも、他人の個人情報を何とも思っていない。

そして何より決定的なのが、先程俺自身が数えてレジの中にしまった、あの百五十万円だ。正直、現実の百五十万円を見たのは初めてだし、それが決して安くない金額である事はよくわかっている。

しかしながら、そんな金額が当たり前のようにぽん、と出され、今もレジの中にある。そんな金額を受け取る以上、殺す、というのは本気なのだ。本気で、栗原《くりはら》を殺すつもりなのだ。この店は、殺し屋たちが集まって商談をし、そして恐らく——それを実行する場所なのだ。

そして、俺自身も、五日後には殺されてしまうのだ。

覚悟するしかない。

死ぬ覚悟ではなく、生き延びてやる、という覚悟だ。

人を殺して欲しい、なんて依頼をするのはまともではないが、それを受ける方もまともではない。

ここでは、まともの基準が俺のような大きく違うところに設定されているのだ。

俺自身もその基準を越えなければいけない。

あくまでも自分自身のやり方で、越えてみせる。必要なのは、その覚悟だ。

――なんとしてでも生き延びるためには。

「――周りの人間が殺し屋だとして、それにビビッて行動を制限している場合じゃない」

そう。殺し屋であることを彼らは隠していない。

アバラが俺を商談の場に噛ませたことが証拠だ。

で、あるならば。

「――全部を一まとめにして、自分の生きる道を見つけるしかない」

掃除機をかけていると、尋《たず》が座っていた席の下から、紙袋に包まれた目覚まし時計が見つかった。

寝入りばなに、猫の鳴き声が聞こえた気がした。

――そういえば、あの劇場の前にも、猫がいたな。確か尻尾《しっぽ》の先が銀色の、黒猫――。

そんな事をぼんやりと思い出しながら、眠りに落ちていった。

四章　前略、仕事を頑張りました。

1

目覚まし時計に起こされ、シャワーを浴び、着替えてキッチンに立つ。

今日は寝坊しなくて済んだ。

黙々と食材の仕込みをしていると、入り口のドアが開いて、昨日と同じ格好の春姫《しゅんき》が入ってきた。

「おはよーさん」

春姫はあくびをしながらこちらへフラフラと歩いてくる。

「栗原《くりはら》の家にこれがあった」

カウンターの上に何かを置いた。

割れたスマホだった。

「家に入れたの？」

「ドアからじゃねーぞ？　くそ。体があちこち悲鳴上げてやがる」

春姫は思い切り伸びをしてから肩をぐるぐると回した。

「スマホが直れば、きっといろんなことがわかるはずだぜ」

「直せるの？」

「フヤラならな」

少しして四日市《よっかいち》も現れた。

「――おはよう。今日は起きられたようだな」

「目覚まし時計のお陰です」

「そりゃ良かった」

「シャワー借りるぜ」

春姫はあくびをかみ殺しながら奥へ向かう。

「春姫、ちゃんと家に帰れ」

四日市が苦々しげに言う。

「ざけんな。お前が寝てる間にこっちは働いてくたくたなんだ。迅太《はやた》、ベッド借りるぜ」

「いいけど。えーと、何か食べる？　簡単なものだったらすぐに出すけど」

「う、悪くねーな……」

春姫が言うと同時に、お腹《なか》が鳴った。

よし。俺は早速取り掛かる。

油を引かずにベーコンを焼く。マスタードを塗って耳を落としたパンの上に小さく切ったレタスをのせ、焼いたベーコンを重ねてパンで挟み、包丁で二つに分けた。

パンの表面を焼いてもいいのだが、できるだけ時間を短縮するため、その工程は省く。

「はい」

グラスに牛乳を注ぎ、皿にのせたサンドイッチと一緒に渡す。

「ありがとな！」

それらを抱えて春姫《しゅんき》は奥へと引っ込んでいった。


紙魚子《しみこ》が出勤し、開店してしばらくするとフヤラが現れた。

「……データの復元ですか」

フヤラが眠たそうな目を何度も擦る。

「春姫は、フヤラなら直せるって言ってたけど」

「持ち主のパソコンも一緒に持ってきてくれたら楽なんですがねー」

紙魚子が不満そうな声を出す。

いや、というかスマホだけでも窃盗《せっとう》なんだけど。それ以前に不法侵入もしている。

それ以前に不法侵入もしている。

「復元なら可能。そう、フヤラならね」

フヤラは目をカッと見開き、不適に笑う。

「あっCMでは実際に使われたことのないフレーズ」

「これをネットミームと言います」

「勉強になりますね高柳《たかやなぎ》さんっ」

二人は何の話をしているんだ？

「では、フヤラはこれを復元してきますが、おじいさんおばあさん、その間、決してエデンの林檎《りんご》を口にしないように」

「すごい、民話と聖書のマッシュアップがここに登場しましたね高柳さんっ」

「いやもう何がなんだかわからない」

とりあえずフヤラと紙魚子《しみこ》の会話のほとんどに中身がないことだけはわかった。

フヤラはスマホを手に『かいはつしつ』へ入っていった。


数時間後、フヤラが見事に電源の入った状態のスマホを持って出て来た。

「お、できたか」

先程起きたばかりの春姫《しゆんき》が軽く手を叩く。

「フヤラの辞書に不可能の文字はありません」

フヤラは誇らしげに胸を反らせた。

「ちなみに、遠慮、常識、敬う、という文字もありませんし、タ行のページもまるまるありません」

「捨ててしまえ、そんな欠陥品」

四日市《よっかいち》が不機嫌な声を出す。

「どうやって直したの」

俺が訊《き》くと、

「簡単ですよ。――まず、深淵《しんえん》を覗《のぞ》き込みます」

「やっぱいい、教えてくれなくても」

フヤラとまともな会話を期待するほうがおかしいのだ。

「どうやらこれ、結城《ゆうき》のスマホだったみたいですね」

紙魚子はスマホを操作している。

フヤラは直してしまえばもう興味がないらしく、『かいはつしつ』へ戻っていく。

「繋《つな》がんのか？」

春姫が炭酸水をコップに入れながら紙魚子に訊いた。

「はい。店のワイファイを接続させればっ」

「じゃー、やってくれ。で、栗原《くりはら》宛にメールを送る」

春姫は紙魚子に近づく。

「内容はどうします？」

「黄泉《よみ》からの手紙にしよう。面白いもんを栗原《くりはら》ん家で見つけた」

春姫《しゅんき》は唇《くちびる》を歪《ゆが》めた笑顔のまま、一枚の写真を取り出してテーブルに置いた。

栗原と結城《ゆうき》が肩を組んでいる。場所は井《い》の頭《がしら》公園のようだ。

「――思い出の場所に来てくれ、って」

2

結城のスマホから栗原宛にメールを送った春姫は、思い出の場所とやらに向かった。

それから一時間ほど経った頃、春姫は鉄火《てつか》と一緒に戻って来た。

ボロ雑巾《ぞうきん》みたいな姿をした男性を一人連れている。

栗原幹也《みきや》だった。

可哀想《かわいそう》に、髪はボサボサで、その顔は血の気を失い、青を通り越して白くなっていた。

俺は鉄火に近寄る。

「まさか……あの人になにかしたのか？」

「何もしてないわよ。春姫に呼び出されて井の頭公園まで行ったら、もう二人でいたの」

「逃げられた時用の追跡要員で呼んだんだ。まー、その必要はなかったんだけど」

春姫はつまらなさそうに何があったかを説明してくれた。

井の頭公園に現れた栗原に春姫が近づき、「話がある」とだけ言うと、その時点で抵抗する様子もなく、力なく付いて来たらしい。

「――栗原幹也くんだね」

四日市《よっかいち》が椅子《いす》の上でうな垂れている栗原に話かける。

「はい」

栗原は、数日かそこらの逃亡劇で、すっかり参ってしまっているように見えた。その様子からすると、あのままではあと数日もしないうちに村山《むらやま》たちに捕まっていたことだろう。

今の栗原は、捕まってどこか安心しているようにも見えた。

「――タチじゃねーな、あれは」

「どうやらそうみたいね」

カウンターの椅子から栗原の様子を見ていた春姫と鉄火の会話にこっそりと割り込む。

「どういう意味だ？」

「見ろよ。あいつ、すっかり怯《おび》えきってるうえに、この状況にホッともしてやがる。他人様《ひとさま》の金を盗んで、その瞬間から世界がバラ色に見えるようなタイプじゃねーってことだ」

「ほとんど一睡も出来てないんじゃないかしら。周りの人が全員自分を捕まえに来てるように見えてたでしょうね。今は、もうそんな思いをしなくてもいいんだ、って考えてるはずよ」

確かにそんな感じだった。

四日市《よっかいち》がミネラルウォーターのペットボトルを渡すと、栗原《くりはら》は一気にそれを飲み干した。

少しだけ顔に生気が戻ったように見える。

「何日だ」

「え」

「何日間、逃げていた？」

「い、五日かな……」

四日市は栗原の言葉に眉根《まゆね》を寄せる。

「その間、ろくに飲まず食わずで、ホテルにも泊まってないんだろう？　排水溝と同じ匂いがするぞ。なぜだ？　金なら持ってるはずだが、なぜそれを使わなかった？」

「あ、あのお金は」

そう言いかけて栗原は顔を背《そむ》ける。

「話せ。こちらは君が彼らの金を盗んで逃げていた事を知っている」

「盗んでない！」

栗原は語気を強めた。

「どういう意味だ？」

「――あれは、あのお金は、結城《ゆうき》のものなんだ」

「では、結城のお金を、君が盗んだというわけか」

「そうじゃなくて」

栗原は再び言い澱《よど》む。

「やれやれ。ピースを揃《そろ》えよう。ええと」

四日市は俺に視線を向けた。

「──ヤナちゃ」

その名前は使わせない！

「卍《まんじ》です！」

「……何？」

その場にいた全員が、宇宙語を聞かされたみたいな複雑な表情でこちらを見ているのがわかった。

「俺の名前。卍です」

「……じゃ、じゃあ、卍、彼に何か食べるものを作ってやってくれ……」

四日市は指示を出すと、頭を抱えた。

その瞬間、鉄火《てつか》と春姫《しゅんき》と紙魚子《しみこ》が一斉に我先にと奥の部屋へと駆け込んで行った。

すぐに奥の部屋から三人分の笑い声が響き、なぜかフヤラがこちらへ爽やかな笑顔を向け、親指を立てていた。

……そんなに駄目だったか、卍《まんじ》。

ここ数日まともな食事をとっていないだろう、ということで、ニンニクは使わずに、和風だしで、茄子《なす》としめじを混ぜたパスタを、柔らかめに茹《ゆ》でて出した。

栗原《くりはら》は一気にそれを掻《か》きこみ、途中水も口にすることなく、あっという間に平らげた。

「美味《おい》しかったです、ご馳走《ちそう》様。ありがとうございました……」

そう俺に礼を告げた栗原の顔は、随分人間らしさを取り戻したように見えた。

自分は良い事をしたんだ、と思えた。

「それは良かった。それが君の最後の晩餐《ばんさん》になる」

四日市《よっかいち》の言葉に心が跳ね上がる。

「……わかりました」

栗原が泣いて取り乱すんじゃないかと思ったが、彼の反応は全く逆だった。

「それをあなたたちに頼んだのは——村山《むらやま》、相良《さがら》、前島《まえじま》の三人ですね」

「そうだ」

「殺される前に、頼みを一つ聞いてほしいです」

「大抵の奴《やつ》はみんなそう言う。だが、その類いの話が面白かったことはこれまで一度もないな」

「そ、そんな」

栗原は一瞬、泣き出しそうな表情になるが、すぐに口元を引き締めた。

「聞いてもらえなければ、金は返しません」

「構わない。殺してから探す」

「無理だ。探したって見つけられない」

「私は聞きたいわ」

鉄火《てつか》が四日市に進言する。

「知りたいもの。友達の金を盗むなんて稚拙《ちせつ》な犯罪をどうして起こす気になったのか」

「あいつらは……友達なんかじゃ」

栗原は下を向いて歯軋《はぎし》りをした。

「あっそ。じゃあ、知人でもいいわ。とにかく、何か悪いことするなら普通は、それを誰がやったのかわからないように工夫を凝《こ》らすものだけど、あなたは違った。現に、すぐにバレてる。なぜ、そんなことをしたの?」

「——話したまえ」

四日市が栗原に発言を促した。

「元々は、僕と結城《ゆうき》の二人で、小さな事務所みたいなものを借りて仕事をしよう、と計画していたところに、あの三人が現れたんです——」

話の概要はこうだ。

村山《むらやま》たちは、もっと大々的に宣伝して、大口の顧客を手に入れよう、と誘ってきた。そのためには会社化してしまうのが早い、と持ちかける。元々栗原《くりはら》と結城《ゆうき》はそれなりの資金を貯めていたのだが、三人には会社を設立するための資金がなかった。そこで彼らは、それぞれの親に借金をし、それを元手に会社を作る。だが、まともに仕事ができるのは栗原と結城だけだった。しかも三人は、栗原と結城だけではとてもこなせないほどの案件を取ってきた。手伝いもせずにSNSなどで宣伝を繰り返すのみ。始めのうちは栗原と結城が何日も徹夜して納品していたが、やがて回らなくなってしまう。仕事は遅れ始める。おまけに三人は実績もないくせにコンサルタントを名乗っていろいろなところに出入りしたが、所詮《しょせん》付け焼き刃程度の勉強では何の役にも立たずに、結果会社の悪評ばかりが流れるようになる。とうとう資金繰りの目処が立たなくなり、会社は倒産してしまう。


「――会社の方の借金はなんとか結城と二人で返したのですが、あいつらには、それ以外の借金がありました」

「親からの借金ってやつだな」

春姫《しゅんき》が栗原を指差す。

「そうです。あいつらは、きっちりと親から催促されていました」

「そりゃ、小遣いとは額が違うだろうしな」

「そこであいつらは――結城の生命保険に目をつけたんだ」

栗原は歯を食いしばりながら言葉を吐き出した。

春姫がこちらを見ながら口の形だけで「ほらな」と笑う。

「――僕がいない間に、家に上がりこんで結城に酒を飲ませて――ベランダから落とした」

「警察は事故だと判断したようだが」

「絶対に違う――知生《ともお》が、前後不覚になるまで飲むなんてありえない」

呼び方が結城、から知生、になっている。

「お酒を飲まないわけじゃなかったけど、飲みすぎるなんてことは絶対になかったんだ」

「彼らが殺したって判断した理由は、それだけ？」

鉄火《てつか》が表情を変えずに訊《き》いた。

「いや、それまでは――僕も事故なのかもしれない、と思ってました。いや違う……そう、思わされてたんだ。警察の話を聞いているうちに」

「それが変わったのは、いつだ？」

四日市《よっかいち》が煙草《タバコ》に火をつける。

「葬式の時です。あいつらが来て――額面どおりのお悔やみの言葉を告げてから――知生の生命保険の金を元手に、もう一度会社を起こそう、って言ってきたんです」

「あちゃー、奴《やつ》ら、よっぽど焦ってたんだな」

春姫《しゅんき》が肩を竦《すく》めた。

「その時に、全部わかりました。ああ、知生《ともお》はこいつらに殺されたんだ、って」

「ちょっと待って。三人が結城《ゆうき》の生命保険の事を知っていたのはいいとして、どうしてそれをあなたに言ったの？」

「受取人が、僕だったからです」

栗原《くりはら》は真っすぐに鉄火《てっか》を見つめる。

「そんなことってありえるの？　普通は親族か、配偶者であるはずだけど……」

「──そうか。だから君と結城は、同じ家に住んでいたのか」

四日市《よっかいち》が煙を吐いた。

「どういうこと？」

「──君と結城は、パートナー関係だったんだな？」

四日市は栗原の目を見た。

「……そうです。僕と知生はカップルでした。パートナーシップも宣誓していたため、保険会社にも認められました」

「そういうこと、あるんだ……」

鉄火は感心していた。

「──では、彼らが盗まれたと主張している結城の金、というのはその生命保険のことか」

四日市の問いかけに、栗原は首を横に振った。

「──保険金は下りなかったんです」

「なるほど。死亡理由が飲酒であれば、そうなる場合もあるだろうな」

「それだけじゃなくて、会社が潰《つぶ》れてしまった事も保険会社は調べていました。結果、自殺の可能性もある、と判断されたんです。そのうえ、契約してから三年経っていなかったために、免責期間もクリアできていませんでした」

「詰めが甘いな、あいつらもとことん」

春姫が呆《あき》れ顔で笑った。

「それじゃあ一体、彼らが主張している金ってのは、どこから出たものなんだ？」

「──知生は、会社がいずれうまくいかなくなる、と気づいた時から、資産運用に手をかけ始めていました」

「仮想通貨ですねっ」

突然の紙魚子《しみこ》の言葉に、栗原は動揺する。

「ど、どうしてそれを……」

紙魚子は、結城のスマホをひらひらと振りながら、

「アプリがインストールされてますのですぐにわかります」

「ああ、そうか……知生《ともお》のスマホを直して、メールを送って来たんでしたね」

栗原《くりはら》はうな垂れた。

「知生は、八百万ほど稼いでいました。もう一度、二人でやり直すための資金です。そしてそれは今、ハードウェアウォレットに保管してあります」

「ハードウェア……なんだって？」

春姫《しゅんき》は紙魚子《しみこ》に尋ねる。

「要するに、八百万円が入ったお財布です。こんくらいのサイズで、持ち主にしか開けられません」

紙魚子は人差し指と親指の間に四センチくらいの隙間《すきま》を作った。

「それの隠し場所は僕しかわかりません。だから僕を殺してしまえば、その時点で知生の八百万円は消えてなくなりますよ」

「――なるほど。では、今すぐ殺すのはやめにしよう」

四日市《よっかいち》は煙草《タバコ》に火をつける。

「大まかな流れはわかった。で？　頼みたい事というのはなんだ」

「そのお金を現金化して――知生の両親に振り込むまで待って欲しいんです」

「逃げてる間にそれくらいする時間はあったはずだ。すぐにしなかった理由は？」

「――迷っていたんです」

栗原は顔を曇らせた。

「このお金を使って、弁護士に相談したり、あいつらのしたことをわからせてやったりした方がいいんじゃないだろうか、と。でも、あいつらが僕を殺そうとしてるって聞いて、もう、そんなことすら、どうでもよくなりました」

「結城《ゆうき》の親に送ってやるってのは結構な事だけれど」

鉄火《てつか》が栗原の背中に声をかける。

「あなたが自分で使っても良かったんじゃないかしら。あなたにはその権利があるはずだわ」

「それも少し考えましたが」

栗原は力なく笑った。

「もう、今さらどうでもいいことです。だって僕は、殺されるんでしょう？」

「――それもそうね」

3

その後紙魚子と栗原は仮想通貨の現金化の手順などを話し、駅のコインロッカーに預けてあるという結城のノートパソコンを、春姫と紙魚子が帰り道がてら回収しに行く事になった。

栗原は鉄格子《てつごうし》の向こうの寝室に閉じ込められることになった。

四日市《よっかいち》が帰り支度を始めたので、俺は声をかける。

「やっぱり、栗原《くりはら》を殺すんですか？」

「そうだ」

四日市は表情も変えずに答える。

「どう考えたって、悪いのはあの三人のほうじゃないですか、なのに」

「善悪の話じゃない。我々は、そういうところで判断しない。栗原を殺すのは、あの三人が栗原より先に我々に依頼し、前金を払ったから、だ」

「お金はそんなに大切ですか？」

「善悪よりはわかりやすく、確実だ」

「俺は、栗原を殺すのには反対です」

「じゃあ、しているといい。止めはしない。自由だ」

「彼を殺したら……あなたを軽蔑《けいべつ》します」

四日市は一瞬ぽかん、となってから、

「ははははは！　軽蔑か！　はははははは！」

腹を抱えて大声で笑い出した。

「な、なんですか」

「いや失礼。そういう言葉を浴びせられるのは久々だったもので、つい、懐かしくなってしまった」

「わ、笑うようなことは何も──」

「すまない。謝罪する。なるほど。君は──つくづくそういうタイプの人間なんだな」

「どういうことですか」

「思いもよらない奴《やつ》ってことさ」

四日市は笑いながら出て行った。

「また説得？　懲《こ》りないのね、あんたも」

鉄火《てっか》が牛乳をグラスに注いでいた。

「後悔したくないからな」

「なにそれ」

「別に」

シンクにグラスを置いた鉄火のお腹《なか》が盛大な音を立てた。

「……違うのよ」

「なにが」

「これはお腹が空いてるんじゃなくて、牛乳を飲んだことにより胃が空腹であることに気付いただけなの」

「じゃあ違わないじゃないか。腹が減ってるんだろ？」

「体はそう言ってるのかもしれない。でもね、脳はそれを認めようとしないわよ」

「認めればいいじゃん！　なんでそんな意地になってるの？」

再び鉄火《てっか》のお腹《なか》が鳴る。

「デリカシーのない胃よ！」

鉄火が自分のお腹を殴り始めた。

「やめろやめろ！　虚《むな》しい自傷行為は！　何か作ってやるよ。何食べたい？」

「肉」

即答かよ。

「喫茶店メニューしかないから、ステーキとかは無理だからな？　ハムとソーセージくらいしか」

「充分だわ。頂戴頂戴」

さっきと態度が違いすぎる……。

皮を剥《む》いたジャガイモ二つをレンジで加熱し、マッシャーで潰《つぶ》していく。そこにバターと牛乳、塩とカレー粉を少し加え、混ぜ合わせてマッシュポテトを作成。その間に、フライパンに水を入れて沸かし、ウインナーを並べて茹《ゆ》でる。やがて水が蒸発してなくなったら、そのままウインナーの脂で表面に焦げ目をつけていく。

皿にマッシュポテトとウインナーを並べ、マスタードを添えて鉄火の元に運んだ。

「うわあー！　なにこれー？」

鉄火が目を輝かせる。

「見てのとおり、ウインナーとマッシュポテトだけど」

「これ食べていいのね？　ね？　ね？」

犬だったら尻尾《しっぽ》がちぎれそうなほど振っているだろうな、と思う。

「もちろん、そのために作ったんだ。どうぞ」

「いただきますっ」

鉄火は丁寧にポテトにフォークを入れ、一口食べた。

「なにこれ！　カレーの味がするわ」

「カレー粉を入れたからな」

「隠し味ってやつね？　それに気付くなんて、私すごいんじゃない？」

カレー粉の味に気付かない人はなかなかいないと思うが。

喜んでいる人に水をさすのは趣味じゃない。

鉄火は次にウインナーに手を付けると、

「肉汁が溢《あふ》れてくるのだけど！」

「最初に茹でることでジューシーさが増すんだ」

「茹でることで……なるほど。睨《にら》んだ通りね」

ものの五分ほどで鉄火《てっか》は平らげてしまった。

「ふー。美味《おい》しかったわ。ご馳走《ちそう》様」

「どういたしまして」

俺は皿を下げて洗い始める。

「値段は千五百円でいいんじゃないかしら、卍《まんじ》」

「その名前は撤回する。くそ、もっとカッコいいの考えてやる」

「あら、いいじゃない。卍。もうすっかり慣れたわ。笑わずに言えるもの」

「笑われたから嫌なんだ」

「一晩考えたんでしょ？　ノートに羅列《られつ》しながら。他にどんな候補があったの？　黒騎士？」

「そんなことしてない！」

本当はしていた。ちなみに黒騎士はなかったが、羅刹《らせつ》、という候補があったことは絶対に秘密だ。

「大体、鉄火だって本名じゃないだろ。どういう経緯で付けた名前なんだ？」

「経緯も何も、アバラから与えられただけよ。本名のもじりだわ」

「春姫《しゅんき》やフヤラ、四日市《よっかいち》や紙魚子《しみこ》、も？」

「紙魚子はまだ正式なメンバーじゃないのよ」

「メンバーって？　そもそも君たちは何者で、どういう集まりなんだ？」

「今さらそれを訊《き》くの？　私たちは小金井《こがねい》組合という組織の人間で――」

そこまで話して鉄火は動きを止める。少ししてからコホン、と咳《せき》を一つ挟み、

「――この話は聞かなかったことにしてもらえるかしら」

キリッとした表情で告げた。

「もう遅い！　小金井組合って？　ここは小金井市なのか？」

鉄火は顎《あご》に手を当てたまま視線を左右へ移動させてから、

「違うわ。群馬県よ」

「嘘《うそ》だ！　だったら小金井組合なんて名前にしないはず！」

「あ――もう最悪。美味しいもの食べたせいでつい口が滑ってしまった」

鉄火は髪の毛をバサバサとかき混ぜると、

「食事のお礼に教えてあげる。そうよ。ここは小金井市だし、私たちはアバラを組合長とする小金井組合、という名前の組織に属する集団。この店は組合員たちの集会所であり、事務所であり、情報交換、依頼を遂行する場合の拠点でもある場所よ」

じゃあ、あの上品そうなお婆さんもまた、組織の一員という事か。

俺は、こないだから脳を占めている疑問をぶつける。

「小金井組合は、殺し屋なんだろう？」

「違うわ。私たちは、仕事屋よ。依頼がない限り自分たちからは何もしないわ」

「ヤクザか」

「なんでも屋よ」

「でも、法に触れる事をしてるだろ」

「そういう依頼であれば——そうする時もあるわ」

鉄火《てっか》は「勘違いしないで欲しいのだけれど」と付け加えて、

「私たちが法に触れる事をするのは、そういう依頼だから。私たちは装置みたいなもの。作動させるのは——依頼人よ」

「じゃあ、例えば、俺が栗原《くりはら》を殺さないでくれって、依頼すれば殺さないでいてくれるのか？」

「それだけのお金、どうやって用意するの？　あんた自分の葬式代だってまだ稼げてもいないのに」

「例えばの話、だ」

鉄火は目を閉じてため息をついた。

「イエス、よ。でも、四日市《よっかいち》とアバラを説得する必要があるから可能性は低い、と見るけど」

「そうか……」

「でも考えてもらいたいのだけれど」

鉄火は眉根《まゆね》を寄せた。

「愛する人を失って、かつての仲間に殺しを依頼されて、人生にようやく諦《あきら》めが付いた栗原を生かして、どうするの？　彼はもう自分の死を受け入れたのよ」

「そ、それでも生きていればいつか良いことがあるかもしれないし……」

「そういう葛藤《かっとう》を、逃げ回ってる五日間のうちに、彼がしなかった時があると思う？　中途半端な救済ならしないほうがまし。迅太《はやた》、あんた自分もうじき殺されるってこと、忘れてるんじゃない？」

「わ、忘れるわけないだろ」

「ならいいけど。普通なら、そんな他人なんかに構ってる場合じゃないと思うわ」

「それはその通りだけど、村山《むらやま》たちが生きて、栗原が殺されるのは……やっぱりおかしいと思う」

「……そりゃ、私だってそう思うけど」

鉄火が聞こえるか聞こえないかくらいの声で呟《つぶや》いた。

「今、なんて――」

「しっ！」

鉄火はこちらに手の平を向け、口の前に人差し指を立てた。

「――今、猫ちゃんの鳴き声がしなかった？」

「え？」

いや、それよりも話がまだ途中だったはずなのだが――鉄火の真剣な表情を見ているととても言い出せなかった。

動かずに、二人して耳を澄ませる。

——ニャー。

聞こえた。

「猫ちゃんがいる!」

昨晩、眠る前に聞いたあれは、気のせいではなかったということか。

その時、一匹の猫が通路奥から姿を現した。

「……ニャー」

あの日、劇場の前で見かけた、尻尾《しっぽ》の先が銀色の、黒猫だった。

——あの猫が、今なぜ、ここにいるのだろう。

「ああああ猫ちゃん猫ちゃん、おいでおいでおいでよー」

鉄火《てっか》はしゃがみこみ、猫の目の前で床を何度も細かく叩きながら手を広げる。

「ニャッ」

猫はそんな鉄火に驚いたように後ろに小さく飛びのき、完全に無視して、カウンターの中へ
タタッと入っていった。

匂いにつられて来たのか。

「猫も気になるけど、それよりもさっきの話——」

俺の言葉を、鉄火は手の平をこちらに向けて遮る。

「猫ちゃんよりも、大切な話なんて、ないわ。この世に」

なんて真剣な眼差し……。

いやあるだろう、と言いかけたが、恐らく鉄火は先程の話題にもう触れたくないのだ、と気付いた。

猫は相変わらずキッチンの中をぴすぴす、と鼻を鳴らしながらうろつきまわっていた。

「……お腹《なか》空いてるのかな。猫の食べられそうなものなんてないぞ」

「ウインナー焼いてあげればいいじゃない！」

「猫には塩気が強すぎる」

「じゃあ私が食べるわよ！」

「猫は!?」

鉄火がキッチンに入り、両手を上げて猫にじりじりと近寄る。

「ふふふふふ、猫ちゃん観念なさい……あなたはこれから私に思い切り撫《な》でられる運命にあるのよ……これは決定事項であり神にも変更は不可能なの！」

そう叫ぶなり猫に飛び掛かった鉄火だったが、猫が素早く足下を走り回って逃げたために、あっけなく バランスを崩し、決定事項は一瞬で破棄された。

「「にゃー！」」

猫と鉄火《てつか》が同時に叫んだ。ふらついてバランスを保とうとした鉄火は積んであったフライパンを掴《つか》もうとしたが、掴んだところで何の支えにもならず、同じ場所に積んであったその他鉄製の調理器具と共に床へ転げ落ちていった。

幾層もの鉄が落下する音が重なるように鳴り響き、その音に驚いた猫は奥の通路へと逃げて行ってしまった。神は不在だったらしい。

「お、おい大丈夫か？」

慌てて近寄る。

包丁とかはキチンとしまってあるので危険なものはなかったと思うが、フライパンが頭にぶつかっていたら、かなり痛いだろう。

「！」

俺は目を見張った。

「いたたた……だ、大丈夫」

そう呟《つぶや》きながら鉄火は、調理器具と共に床の上で仰向《あおむ》けになって倒れていた。

問題は、スカートが大きく捲《まく》れ上がってしまっていることだった。

「だ、大丈夫ならいいんだ」

そう言いながら慌てて離れ、カウンターの向こうへ出る。

「なによ、手で起こしてくれたっていいじゃ……あー！」

しばらくすると、真っ赤に染まった鉄火《てっか》の顔が、カウンター越しにゆっくりと上がってきた。

「……見たでしょ」

鉄火は目だけを出してこちらを睨《にら》む。

「見た、けど……見ようと思って見たわけじゃなくって……あれだ！　こちらにしてみれば見せられた、に近いぞ？」

「見せられたってなによ！　汚いものみたいに言わないでくれる？」

「いやいやいやいや！　もちろん汚くなんかなかったし、むしろ綺麗《きれい》だったし……清潔感もあったし、グレーという色も評価高いと思う！」

「ひ、評価しなくていい！　あと色のことまでいうな！」

「いや確かに見せられた、は言葉が違ったな。なんだろう……見せていただけた、というか、ありがとうございます、というか」

あれ？　これじゃご褒美《ほうび》みたいじゃない？

「も、もういい！」

鉄火は真っ赤な顔のまま立ち上がり、床に落ちてしまった調理器具たちを拾い始める。

「あ、いい、やっとくから。それよりどこも怪我《けが》してないか？」

「そうみたい。そ、それじゃあ、私は、フヤラを連れて帰るから……」

4

自分の晩ご飯を作りはじめて、少し考え、一人分多く作る事にした。

サンドイッチと牛乳を持ち、鉄格子《てつごうし》の前まで行く。

「栗原《くりはら》さん、起きてます？」

「ああ……」

か細い声が奥の部屋から聞こえ、栗原がゆっくりとした足取りで現れた。

「サンドイッチ作ったんですが食べますか？　牛乳も。あ、ビールの方がよかったですか？」

「ありがとう。僕はお酒が飲めないんだ。牛乳でいいよ」

栗原は笑って、鉄格子の向こうで床に座る。

鉄格子の間からサンドイッチと牛乳を手渡した。

「さっきのパスタが最後の晩餐《ばんさん》だったはずなのに」

栗原は「いただきます」と言ってサンドイッチに齧《かじ》りついた。

「美味《おい》しい。ありがとう」

「いえ。……なんかすみません」

「何が」

「軽く聞こえたら申し訳ないんですが……栗原さんが殺されてしまうのを止められません」

「ああ。もういいんだ。僕は知生《ともお》のお金を彼の家族に渡せさえすれば、それで未練は無い」

「……栗原《くりはら》さんのご家族は？」

「両親はもういないんだ。兄弟もいないし……知生がいなくなってしまって、僕にはもう、誰もいないから」

俺と同じだ。いや、正確には同じではない。俺にはまだ、じいちゃんとばあちゃんがいる。そのことを思い出して急に涙が溢《あふ》れて来た。

「あれ？　君が泣くの？」

「あ、す、すみません。変ですよね、はは」

「いや、泣きたい時には泣けばいいと思うけど……君は少し変わってるな」

「え？」

「ここいる他の人たちとはなんていうか……空気というか、目が違うのかな――」

「ああ……俺も、栗原さんと同じなんですよ」

「どういう意味？」

「俺もじきに、彼らに殺される立場なんです。それが少し延期されているだけで」

「君も……誰かに依頼されたのか？」

「ああいや、それは違ってですね、なんというか……入っちゃいけない場所に入ってしまったというか」

「それはわかるよ……僕だって、それが原因で今こうなってしまってるし」

栗原は牛乳を飲み干すと、コップをこちら側へ戻した。

「栗原さんは違うじゃないですか。村山《むらやま》たちが巻き込んだだけで」

「それでも、あいつらが一緒に起業しよう、と言ったときに、断るべきだったのさ。あいつらがどれだけ無能だったかもろくに知らないまま、それもいいかもしれない、って感じで話に乗ったのが全ての始まり。責任は全部自分にあるんだ、いつだって」

そうだ。責任は全部自分にある。それを認めた上で、次にどう行動するか、だ。

人を殺す、ということを依頼した村山たちにも、その責任を負ってもらわなければ駄目だ。

それはお金とかではない。心の在《あ》り方、のような問題だ。

「それを言うなら――」

俺は空になった皿とコップを持って立ち上がった。

「村山たちも同じですよ。殺しの依頼を、まるで珍しいメニューを注文しよう、みたいな感覚でこの店に足を踏み入れた事を、絶対に後悔させてみせます」

「――目が変わったね」

「え？　そ、そうですか？」

自分がどんな目付きをしているのかわからなかった。

「さっき、君はこの店の人たちとは空気が違うといったけれど、訂正するよ。時々、彼らと同じになる」

「そ、それは困りますね。影響されてきてるんでしょうか」

「サンドイッチと牛乳を、それぞれ紙皿と紙コップで持ってきたのも、僕が食器の破片を使って攻撃してきたりしないようにするためじゃないのかい？」

「あ、いやそれは——」

栗原《くりはら》の言う通りだったが、もう一つ理由があった。

「——あと、破片を使って栗原さんが自身を傷つけたりしないように、と考えたためでもあります」

「……なるほど。でもそれだったら、こっちの部屋にはドアノブと布団カバーがあるじゃないか。それだけで死ぬことは出来るんだよ」

「それもそうでした……」

「大丈夫。僕はまだ死なない。知生《ともお》のお金を家族に渡すまでは、絶対に」

栗原は、「ごちそうさま」と言うと、部屋へ戻っていった。

五章　前略、人が死にました。

1

栗原《くりはら》が部屋を使っているため、その夜は店のソファーに布団をかけて寝た。

翌朝コーヒーの匂いで目を覚ますと、既に四日市《よっかいち》がカウンターの中にいた。

「す、すみませんっ。今すぐ準備します」

「気にしなくていい。今日、営業はなしだ」

「そうなんですか」

と言っても部屋着のままでいるわけにもいかない。

俺は洗顔と着替えのために奥の通路へ向かう。

鉄格子《てつごうし》が嵌《はま》っているからそもそもシャワールームには入れないか、と思っていたが、意外な事に鉄格子は開いていた。

そして、栗原の姿はどこにもなかった。

顔を洗って着替えを済ませ、店に戻る。

「栗原さんがいませんが」

「春姫《しゅんき》と一緒だ。ハードウェアウォレットとやらを回収しに行った」

「ああ、そうでしたね」

四日市は何も言っていないのに無言で俺の分のコーヒーを差し出してきた。

いや、そんな遠慮するな、みたいな顔されても。

相も変わらず複雑に不味《まず》いコーヒーを流し込んで、届いていた食材をしまい、掃除を始める。

しばらくすると奥の通路から紙魚子《しみこ》が現れた。

自分のものとは別にもう一台、銀色のノートパソコンを持っていた。

「あ、おはようございますっ」

「おはよう。『かいはつしつ』にいたの？」

「はいっ。フヤラと一緒にちょっとこの結城《ゆうき》さんのパソコンをＤｏしてもらって、それから、いろいろとＤｏしてましたっ」

「なるほど。わからん」

「今日の段取りの打ち合わせをしていたのよ」

そう言いながら鉄火《てつか》も奥から現れた。

今日は髪を後ろで一つにまとめていた。

「……なによ」

「今日は髪形が違うなあ、と思って」

「い、いちいち指摘しなくていいのよそんなこと」

「似合ってる」

「あ、ありがとっ」

鉄火《てっか》は顔を背《そむ》けてしまう。

「──フヤラは?」

紙魚子《しみこ》に尋ねると、

「絶賛稼働中ですっ。今、『かいはつしつ』に入らない方がいいですよ」

「もし入ったら?」

「嫌なものを見て嫌な目にあうと思いますっ」

紙魚子は笑顔を向けた。

俺は『かいはつしつ』のダストシュートの入り口にこびり付いていた赤黒い粘液を思い出して、うんざりした。


しばらくすると春姫《しゅんき》が栗原《くりはら》を連れて戻って来た。

春姫はUSBメモリ大のデバイスを掲げ、

「ハードウェアなんちゃらだ」

紙魚子に放り投げた。

「じゃあ、現金化しますので、作業お願いしますっ」

栗原は頷《うなず》くと紙魚子の隣に腰を下ろした。

「どこに隠してあったと思う？　結城《ゆうき》の墓の下。本人の骨壺《こつつぼ》の中だ。朝から墓泥棒の真似《まね》事させられた気持ちがわかるか？」

春姫はおしぼりで顔を拭《ふ》きながら愚痴《ぐち》をこぼす。

「ここから先のロックがどうしても解けないんです」

「――これは、僕か知生《ともお》本人がいないと、駄目なんです」

栗原はそう言って、自分の鞄《かばん》から卓上スピーカーより少し小さい機械を取り出し、結城のノートパソコンに繋《つな》げてから、その中を覗《のぞ》きこむように、片目を当てる。

「なるほど、虹彩《こうさい》認識でしたかっ」

「――死んでからでは無理だったわけだ」

四日市《よっかいち》が唸《うな》った。

栗原はその後いくつか操作をして、一息ついた。

「――現金化できました。今、僕の口座に振り込まれています。これを……知生の実家に振り込みますが――」

栗原はそこで言葉を濁した。

「あの……自分で言うのもおかしな話ですが――本当に振り込んでもいいんですよね？」

「どういう意味だ？」

「いえ、村山《むらやま》たちの依頼には、金を取り返して欲しい、というのも入ってたと思うんですが……それはいいんでしょうか」

栗原《くりはら》の言葉に四日市《よっかいち》は苦笑した。

「――ごまかすさ」

ごまかすって、そんな。まあ、彼らとの約束を守る必要は無いように思えるが。

「結城《ゆうき》のことを話さなかった、あいつらの落ち度だ。そこにつけこみゃいーんだよ」

春姫《しゅんき》が口の端を上げる。

「プロに仕事頼むってのに、手の内を全部見せないなんて、ペナルティだぜ。その上八百万も掠《かす》め取ろーとしやがった。そういう舐《な》めた態度が気にくわねー」

「まあ、そういうことだ。こちらは別に振り込んでも振り込まなくてもどちらでも構わない」

「――わかりました」

栗原はそこからまたいくつか操作して、

「――終わりました」

と大きなため息をついたが、その顔は穏やかだった。

この世に未練がない者がする表情だ、と感じた。

果たして俺が殺される時、こんな顔ができるだろうか？

絶対に出来ないだろう。

「──そうだ」

俺は昨晩考えていた事を伝えるために紙魚子《しみこ》に近寄った。

「それ、結城さんのパソコンだよね」

「そうですが」

「ログイン記録って調べられる？」

「できますよっ」

「栗原さん、結城さんが亡くなった、正確な時間わかりますか？」

「去年の、十二月二十八日、午前三時四十八分」

栗原は即答する。

頭に刻み付けられている数字なのだろう。

「あー。これは変ですねっ」

紙魚子がその記録を見つける。

「十二月二十八日、午前三時五十二分に、何者かがログインしていますよ」

「村山たちだ」

栗原の顔が歪《ゆが》んだ。

「あいつら……知生《ともお》を落としてから、仮想通貨の金も手に入れようとしたんだ」

「生命保険の金と合わせりゃ大した金額になったはずだからな」

春姫《しゅんき》が口の端を上げた。

「これ、村山《むらやま》たちが、あの時部屋にいた証拠になりますよね」

俺はカウンターの四日市《よっかいち》に顔を向ける。

「かもな」

四日市は煙草《タバコ》を灰皿に押し付ける。

「それで？　そのパソコン持って警察へ行くか？　それともまた説得を試みてみるか？」

春姫が人差し指をこちらへ向けた。

そんな事をしても意味がないことはわかっている。正攻法は通じない世界なのだ。

「いや、どっちもしない。ただ、俺の覚悟が出来た、ってだけ」

春姫は無言で肩を竦《すく》めた。

「人格がログインしました」

フヤラが奥の通路からふらふらと出てきた。

「昨日頼んでいたものはどうだ？」

四日市が尋ねた。

頼んでいたもの？　また何かフヤラに作らせていたのだろうか。

「当たり前のように完成をしました。『室』に置いてあります」

「やはりお前は天才だな」

四日市は満足そうに言って、立ち上がった。

「ふっふっふ。フヤラの辞書にページは存在しませんから」

ピースサインをしながら相変わらずわけのわからない事を言っている。

「それじゃあ早速始めるとするか。栗原《くりはら》、こっちへ」

四日市は栗原を連れて奥の通路へ行こうとする。

「フヤラはお腹《なか》が空きました。迅太《はやた》、なんか作って」

「後にしろ。先にこっちだ」

四日市がフヤラを引っ張ろうとする。

「なるほど、虐待ですね。直ちに救難信号弾を発射します」

「室内でそんなもの発射するんじゃない」

屋外ならいいのか。ていうか、持ってるのか。

「それにこれは虐待などではない。優先順位の話だ。高柳《たかやなぎ》くん、何か作っといてやってくれ」

「あ、はい」

四日市はフヤラを引きずりながら、栗原を連れて『かいはつしつ』へ入っていった。

俺はキッチンに入って今朝届いたばかりのスモークサーモンを取り出す。

鍋を大小二つ用意して、お湯を沸かし、ほうれん草を小さめに切って、小鍋の方で茹《ゆ》でる。大きい方にパスタを投入し、ほうれん草を鍋から取り出し、握って水気を切る。フライパンにオリーブオイルを入れて薄く切ったたまねぎを炒める。スモークサーモンと牛乳、ほうれん草も加え、粉末だしと塩で味を調え、茹で上がったパスタを混ぜて温め、粉チーズを振って完成させた。

顔を上げると、鉄火《てつか》と春姫《しゅんき》と紙魚子《しみこ》が、手にフォークを持ってこちらを見ていた。

「欲しいなら、言ってくれりゃ人数分作ったよ！」

ちょうどそのタイミングでフヤラが戻って来た。

「栄養だ」

「早く食べてしまいなさい。餓えたハイエナどもに取られてしまうところだったぞ」

俺は鉄火と春姫から皿を遠ざけながらフヤラに手招きをする。

「餓えたハイエナが大量に走っていたことがハイウェイの語源です」

「あっ嘘《うそ》の知識だ」

紙魚子が即座に反応した。

「食べてる間に準備をしましょう。さっき紙魚子がメールを送ったから、あの三人がそろそろ来るわ」

鉄火は髪を結びなおしている。

「——なあ、今日は、俺も喋《しゃべ》っていいか？」

「駄目に決まってるじゃない。こないだと同じ。あんたが口にしていいのは『かしこまりました』これだけよ」

「あいつらに言いたい事があるんだ」

「勘違いしないで？　あんたは、同じチームかもしれないけれど、それはこの店の従業員としての話。組合員じゃないのよ」

「何だ鉄火、喋っちまったのか、組合のこと」

春姫が呆《あき》れ顔をする。

「うっかりよ。反省してるわ。こないだからミスばっかりで嫌になる」

「ま、聞いたんなら話は早い。迅太《はやた》。鉄火の言う通りだ。おめーは、ここで働いちゃいるが、あたしらの仲間じゃーないいんだぜ？　死時計の針を進めたくなけりゃ、言う通りにしとくこった」

「……わかったよ」

俺はフヤラの皿を片付けると、前回と同じようにテーブルと椅子《いす》を配置する。

「まだ来てないのか」

四日市《よっかいち》が『かいはつしつ』から一人で戻って来て紙魚子に訊《き》いた。

「そろそろだと思いますよっ。あの人たちが道を忘れてなければ」

「そこまで馬鹿なのか？」

紙魚子《しみこ》の言う通り、それから少しした後、カウンター内のモニタに、村山《むらやま》たちの姿が映った。

「来たみたいよ、四日市《よっかいち》」

鉄火《てっか》の言葉に、テーブルについた四日市が頷《うなず》いた。

「――ドアを開けてやれ」

春姫《しゅんき》がドアを開け、村山たちが入店してきた。

2

三人は、さすがに前回のように騒いではいなかった。

「――ねえ、あの写真、消してくださいよ」

相良《さがら》が懇願《こんがん》したが、紙魚子は無視している。

「まあ、座りたまえ」

四日市が促し、三人は嫌そうに着席した。

「君たちがここにいるということは、我々の仕事が終了したからだ。その後の取引が全て終われば、例の写真は全部消すと約束しよう」

四日市が片手を上げ、鉄火が奥の部屋へ消えていった。

「殺したのか、栗原《くりはら》を？」

村山が嬉しそうな声を出した。

その顔を見た途端、全身の血が逆流しそうになった。

何がそんなに嬉しいんだ、こいつは。

鉄火が栗原を連れて出てくる。

栗原はここに着たときの服に着替え、顔に黒い布袋を被《かぶ》せられていた。両手が後ろに回されて、結束バンドで縛られている。

「なんだ、まだ生きてるじゃん」

村山が顔を歪《ゆが》めた。

「本当にそれ、栗原なのか？」

前島《まえじま》が青ざめた顔で質問する。

鉄火が袋を取ると、無表情な栗原の顔が出てきた。

「てめえ栗原！　金返しやがれ！」

「もう、ない」

栗原が冷たい声を出す。

「はあ？」

「さっき、知生《ともお》の実家に送金したよ。全額」

栗原のその言葉に、三人は固まってしまう。

「大方、僕を殺すお金も知生《ともお》の金から捻出《ねんしゅつ》しようとしていたんだろうけど、当てが外れたね。ざまあみろ、だ」

「てめえ！」

村山《むらやま》が立ち上がろうとするが、背後から春姫《しゅんき》が肩を押さえる。

「座ってろよ――アマチュア」

「どういうこと？　俺は金を取り返せって頼んだんだけど？　話が違うんですけど」

村山は歯を剥《む》きだしにして四日市《よっかいち》に詰め寄る。

「こちらも同じ言い分だ。君たちは、栗原《くりはら》が自分たちの金を盗んだ、と我々に話した。しかし、実際のところは、結城《ゆうき》知生の金だった。話が違うな？」

「それは――」

「なぜ結城の事を話さなかった？」

「あ、あいつが死んで、哀しい気持ちだった。だから話題にしたくなかったんだ」

相良《さがら》が咄嗟《とっさ》に言い訳をする。

「そ、そう、哀しい気持ちだったんだ。なあ？」

「そういうこと」

前島《まえじま》が言葉を繋《つな》ぎ、村山が憮然《ぶぜん》と答えた。

「――そうか」

四日市は煙草《タバコ》に火をつけた。

「私はてっきり、君たちが共謀して結城知生をベランダから落っことした途端に、彼の生命保険をまるまる手に入れた気持ちになってしまっていたからだと思っていたんだが」

「お、俺たちは殺してなんかいない！」

「そうだ、アリバイだって認められたんだ！」

前島と相良が叫んだ。

「どうとでもなるさ、三人もいればな。例えば——交代で時間をずらし、部屋から出て誰かに姿を見せていけばそれでそんなものはいくらでも崩れる。だがまあ、我々は警察じゃあないから、アリバイなんてどうでもいい」

三人はその言葉に俯《うつむ》いてしまう。認めたも同じだった。

なんて稚拙《ちせつ》で、自分勝手で、尊厳を無視した行動だろう。

こんな奴《やつ》らと関わってしまったが故《ゆえ》に、結城は殺され、栗原もまた死んでいこうとしている。

全身の毛穴が一斉に開く。腹の底から何かが吹き零《こぼ》れてきそうだった。

「そんなことより——残りの金は用意してきたんだろうな」

「おい」

村山が前島に合図を出し、前島が封筒を出した。

前回の倍くらいの厚みがあった。

「数えろ」

四日市《よっかいち》が俺に指示したが、俺はそこから動く気になれなかった。

三人の顔から視線を外すことができない。

四日市は舌打ちをし、紙魚子《しみこ》に同じ指示を出す。

紙魚子は封筒を受け取り、札束を数え始める。

「た、確かに二百五十万ありますっ」

数え終えた紙魚子が報告した。

「よし。何か、最後に彼に言っておくことはあるか？」

栗原《くりはら》は袋を被《かぶ》され、膝《ひざ》立ちの状態になっていた。

「なんにも。早く殺しちゃって。俺たちの金を勝手に――」

四日市は村山《むらやま》の言葉の途中で、振り向きもせずにサロンに挟んでいた拳銃《けんじゅう》を抜き取った。

本当に殺すのか？

本人の覚悟が出来ているとはいえ？

そうじゃないだろう。

それは絶対に違うだろう。

「だ、駄目だ！」

思わず飛びだし、叫んでいた。

だが、言葉よりも、四日市の指の方が速い。

拳銃は、栗原の胸を撃ち抜いた。

乾いた音が耳を覆い、周りの音が侵入するのを拒む。

自分以外の時間が極端に速度を落として見えた。

栗原は一言も発しないまま、スローモーションで仰向《あおむ》けに倒れる。床に赤黒い血が流れ始めた。

四日市は、本当に栗原を殺してしまった。

人が一人、あっけなく殺された。

鉄火《てっか》も、春姫《しゅんき》も、紙魚子も、フヤラも、そして四日市も、まるで表情を変えない。水の入ったコップが倒れた時だって、もう少し狼狽《ろうばい》するはずだ。

数日間一緒に働いていて、少しは彼らのことが理解できたかもしれないと思い込んでいたが、大間違いだ。モラルがないわけではない。彼らは殺し屋なのだ。

モラルが、違うのだ。

俺は跪《ひざまず》き、栗原の頬《ほお》に手を当てる。まだ温かかったが、もう微動だにしなかった。

自分の胸の鼓動が恐ろしい速さになっている。掻《か》き毟《むし》って心臓を取り出してやりたい。

泣き叫んで無茶苦茶に暴れまわってやるのでもいい。

でも、今するべきことはそれじゃない。

いくら自分の死を受け入れていたからといっても、栗原《くりはら》が死ぬのはもう少し先にだって出来たはずなのだ。

あいつらが依頼さえしなければ――。

俺は顔を上げて、三人の顔を見る。

まさか目の前で殺されるとは思っていなかったのだろう。前島《まえじま》と相良《さがら》は顔から血の気をなくし、その唇《くちびる》は小刻みに震えていた。

村山《むらやま》は――実につまらなそうな顔をしている。

こいつには、もう人の心というものがないのだろう。

恐らく、四日市《よっかいち》たちと同じように、一線を越えてしまった人間だ。

自分の依頼で栗原が死んだのに、まるで傍観者のようだ。

責任を感じてもらわなければいけない。

自分が一体何をしたのか、を胸に刻んでもらわなければならない。

栗原さん、ごめん。あなたの死を、利用させてもらいます。

「い、行こうぜ」

前島と相良が村山を引っ張って出て行こうとする。

「わかったよ、うっさいな。……クソ、どうやって金作りゃいいんだよ」

俺は三人に近づいていく。

「──おい。なんのつもりだ？」

四日市に声をかけられたが足を止めるつもりはなかった。

「まだ話は終わっていません」

俺は三人を引き止める。

春姫《しゅんき》が短く口笛を拭《ふ》いた。

鉄火《てっか》がカウンターの天板を叩き、四日市の舌打ちが聞こえた。

それでも、俺は言葉を繋《つな》ぎ続ける。

「話なんかないけど？」

村山が睨《にら》んでくる。

俺は息を細く吐いてから、目を合わせる。

「こっちにはあるんです。これで終わったと思ってるかもしれないけれど、この先ってのがあるから説明しとこうと思います」

「この先？」

「そう。栗原さんの遺体を処理する必要があるんです」

「そんなのおたくらで勝手にやってよ」

「それはもちろんやります。完璧《かんぺき》すぎるくらい完璧に。こっちもプロですから。でも、知ってると思うけど、プロに仕事してもらうためには、対価を支払わなきゃいけないんです。わかりますよね？」

「対価？」

「栗原《くりはら》さんの遺体の片付けと、血で汚れてしまったこの店の掃除。そうですね。——あわせて六百万必要となります」

「は？　こないだの百五十万と合わせて四百万支払ってるんですけど？　これ以上取るっての？」

「これ以上取るんです。これまで受け取ったのは、栗原さんを捜し出して、拘束《こうそく》して、殺すために必要な代金。でも、その先にまだ、処理するための代金が発生するんですよ」

「いや普通に無理なんですけど。今回だって、車とか時計とか服とか売ってなんとか用意したのに」

「それじゃ仕方ないけど、栗原さんの遺体を抱えて帰ってもらうしかありません」

「あ？　本気で言ってんの？」

「もちろん」

「い、今すぐは無理です！」

耐えかねたのか、相良《さがら》が泣き声を出した。

「じゃあ二日だけ待ってやんよ」

春姫《しゅんき》がにやりと笑った。

「ふ、二日だけ？」

「この時期なら、二日が限度だ。それ以上だと腐敗が進行する。二日経っても金持ってこなかった場合、栗原の遺体がお前たちの誰かの家の前に転がる事になる。そのあとは自分たちでやんな」

「わ、わかりました」

前島《まえじま》と相良が店から出ようとするが、村山《むらやま》は俺を睨《にら》み続けていた。

「おい村山」

「今行くよ！　うっさいな」

村山は俺の顔に近づくと、

「調子のんなよ、三下。お前、ぜってー殺してやるから」

と、耳元で言って、ドアから出て行った。

3

「ちょっと迅太《はやた》、どういうつもり？」

ドアが閉じられると同時に鉄火《てっか》が怒りの声を出す。

「勝手なことをしてすみませんでした」

俺は四日市《よっかいち》に頭を下げた。

「――謝ってすむ問題じゃない」

四日市は煙草《タバコ》を灰皿に押し付ける。

「君は、こちらのビジネスに手を突っ込んで掻《か》き乱したんだ」

「でもよ、うまくいけば六百万手に入るかもだぜ？」

春姫《しゅんき》が八重歯《やえば》を見せる。

「うまくいくと思うか？　あいつらにもう金がないことはわかっていたはずだ。面倒ごとが増えただけだ。高柳《たかやなぎ》くん。君は素人《しろうと》だ。追い詰め方も心得ていない。はっきりと失望したよ」

フヤラが大きな黒い袋のジッパーを開け、鉄火《てっか》と二人で栗原《くりはら》の遺体をそこに詰め始めた。

床に大きな血溜まりが出来ている。

「なぜ、あんなことを喋《しゃべ》った？」

「――あいつらが、栗原を殺したんだってことを、刻みつけてやりたくて」

「おかしなことを言う。第一、殺したのは私だ」

「違う。四日市さんは装置だ。作動スイッチを入れたのは、あいつらだ」

俺は昨晩の鉄火の言葉を思い出していた。

栗原が詰められた袋のジッパーが閉められていく。

「今まで」

それだけ言って俺は口を閉じた。

その先を続けるべきかどうか迷ったが、やはり言う事にする。

後悔はしたくない。

「──どうした？」

「今まで、お世話になりました」

「礼なんかいらない。君はトラブルを呼び寄せただけだ」

「そうですか。──それは良かった」

「何？」

「さっきまでは、あなたがたの事をひょっとしたら善い人なのかもしれない、とか考えていました。でも栗原を、まるで虫みたいに殺したのを見て、その考えがまるで間違っていた事に気付きました。人の命をこんな簡単に摘むような人たちとは、もう一緒にいたくありません」

紙魚子《しみこ》とフヤラが哀しそうな顔でこちらを見ていた。

きつい言葉かもしれないけれど、君たちだって同じだ。

さすがにそれは言わないことにした。

カウンターの上で電話が鳴った。

四日市が立ち上がり、電話を取りに行く。

「残念だが、時計の針が進んじまったみたいだな」

春姫《しゅんき》が俺の肩を軽く叩いた。

四日市《よっかいち》はしばらく話していたが、

「――代われと言っている」

と、俺に受話器を渡す。

「――高柳《たかやなぎ》です」

『どうして、六百万だった？』

相変わらず前置きもなしで、不自然に加工された声でアバラは訊《き》いてきた。

「俺の遺体処理代の三百万と、栗原《くりはら》の分を足しました」

『ああ！　そういうことか。一つ教えよう。実際のところ、遺体の処理に三百万もかからないし、元々栗原の分は四百万の内訳に入っていた。余計な事を言ったな』

「もっと高くしても良かった」

『――なんだと？』

「あの三人が苦しむなら、それでよかった」

『馬鹿が。感情で動くからアマチュアなんだ。あいつらにはもう、まともに金を用意する能力は無い。きっと最も愚かな方法を選ぶだろう。そしてその時にはもう君はここにいない』

「はあ」

『だがそれはまあいい。あいつらに金を用意させるまともでない方法ならいくらでも知っている。責任もって六百万回収することを約束しよう。おめでとう、高柳迅太《はやた》。自分の葬式代を稼いだな。では、さようならだ』

　再び受話器を四日市に返す。

　鉄火《てつか》がメニューを眺めていた。

「まだ食べてないメニューがこんなにある」

「……自分で覚えればいいよ。どれも簡単なものばかりだ」

「人に作ってもらうのがいいんじゃない」

　そういうものだろうか。

「――わかりました。では、そのように」

　四日市は電話を切り、「座れ」と指示をした。

　俺は素直に従う。

「私にやらせて」

　鉄火が手を上げた。

「元はといえば、私のミスから始まった事だし――責任を取るわ」

「わかった」

　四日市のその言葉と同時に、俺の口と鼻は布のようなもので塞《ふさ》がれた。

　ブラックアウト。二度目。

六章　前略、自分の番が回ってきました。

1

瞼《まぶた》の上を光が何度か往復するのを感じた。
一気に鼻から息を吸い込むと同時に、目が覚める。
鉄火《てつか》が懐中電灯でこちらを照らしていた。
「起きたわね」
「あ、ああ」
手足は縛られているだろうと思ったが、自由だった。
俺は仰向《あおむ》けのまま、夜空を見上げていた。白い息が暗闇に消えていく。
木々の隙間《すきま》から見える星が綺麗《きれい》だった。
辺りは静かで、離れた場所からザッザッと何かを掻《か》き出す音と、虫の声が聞こえた。
どうやら山奥のようだ。
久しぶりの外の空気だ。

俺は思い切り深呼吸をした。体の中が浄化されていくように感じる。

体を起こして地面に座った。足下には俺の上着が置かれていた。

まだ寒かったのでそれを羽織る。

「もう動けるはずよ。こないだよりは大分、薬の量を減らしたみたいだから」

「縛らなくて、良いのか」

「――そうね、最初は縛っていたのだけど、私が外したの」

「それは……ありがたいけど、一体どうして」

「一つ考えたことがあってね」

その時、背後から人影が現れる。

「終わったら呼んでくれ。車に戻ってる」

「わかったわ。ありがとう、半画《はんが》」

その男はスコップを持っていた。どうやら、先程聞こえていたザッザッという音は、彼が地面を掘っていたときのものだったようだ。

「よう」

半画に声をかけられ、その包帯で巻かれた顔を見る。

顔の半分に――タトゥーが入れられていた。

この顔は。

「俺の顔。半分タトゥーだろ？　だから半画《はんが》って言うんだ」

半画は笑った。

「地下の劇場で転がっていた――」

殺されたんじゃなかったのか。

「ん？　会ったことがあるのか。悪いな、覚えてないんだ」

俺の肩を軽く叩いて半画は闇の中へ消えていった。

「今の人――」

「迅太《はやた》が小銭渡した、彼よ」

「どういうことだ？　殺したはずじゃなかったのか」

「その通り、殺したわ。キチンと」

「で、でも、生きてる」

「生きてはいるわ。でも、殺したの」

わけがわからなかった。

「どういうことか教えてくれ」

「それは、これから先の迅太次第ね」

鉄火《てっか》は懐中電灯の光をこちらへ向けた。

「あんた、これから自分も殺されるのに、どうして人の事を気にする事ができるの？」

「……どうしてだろうな」

いや、本当は、どこかで信じていた。

「──鉄火が、人を殺すようには思えないんだ」

「──殺すのよ、私は」

「いや、なんていうか、君らの言葉で言うなら──タチじゃない。そう思ったんだ」

「──タチじゃない？」

「そう。俺には、君らが、人を殺したことにより晩飯を美味《おい》しく感じるような、そういうタイプじゃないと思えた。できれば殺したくないし、殺さずに済めばそれでいい、みたいな」

「思い込みね。私たちは殺すわ。それが仕事だもの」

「俺もそう思ったよ。君たちは殺し屋、だって」

「厳密には違うけど、大まかには間違っていないわ」

「違う。根本的に違うんだ。君たちは安易に人の命を奪ったりしないはずだ」

鉄火は何かを言おうとして、口を閉じてから視線を落とした。

「──まったく。まあいいわ。少し下がって」

言う通りにすると、背後の地面に大きな穴が開いているのがわかった。

その中に、遺体袋が横たわっていた。

栗原《くりはら》だ。

その姿を見て俺は心の温度が一気に下がっていくのを感じる。

奪われてしまった命が、そこにある。

「――この穴の中に、入ればいいのか？」

「そう」

鉄火《てっか》の手には拳銃《けんじゅう》が握られていた。

「でも、一つ考えていることがあるのよ」

先程の話の続きを始める。

「見逃してあげてもいいかな、って私は考えているの」

「見逃すって？」

「そのまんまの意味、よ。選ばせてあげる。その穴に入るか、山のさらに奥へ走って逃げるか」

「そう言っといて、背中から撃つんだろ。よくある手だ」

「そんなことしないわ」

「じゃあどうして？　俺が死んでないとわかったらアバラや四日市《よっかいち》に怒られるんじゃないのか」

「怒られるかもしれないけれど、殺されたりはしないわ。砂混《さんじ》くらいは出てくるかもしれないけど」

拷問《ごうもん》の天才か。

俺はちらりと横を見る。

思い切り走って林の中に入ってしまえばもう銃は当たらないだろう。走り続けていれば、追いつかれる前に撒《ま》けるかもしれない。

でもその後は？　そもそもここは何県だ？　道に迷ったら？　滑落《かつらく》したら？　熊が出るような山だった場合は？

「どうして逃がしてもいいなんて考えたのか、聞かせてくれるか」

「――まだ食べてないメニューがあったから……」

「……は？　何それ」

「あんたが死んじゃったら食べられないでしょ？　それくらいもわかんないの？」

「いや、ていうか、逃げられてその後何とか俺が生きていたとして、何でまた再会できる前提で喋《しゃべ》ってんの？　その確率の低さ考えたことある？」

「そんなのわかんないじゃない」

鉄火は頬《ほお》を膨らませて横を向いた。

あれ、今逃げられるんじゃない？　と一瞬考えたが、逃げない。

「いや、わかんなくないだろ……」

「とにかく、私はそう考えたの。お、美味《おい》しかったからまた食べたいって」

「そりゃどうも」

「いいから早く選んで？　逃げるのか、死ぬのか」

俺はもう一度穴の中で横たわる栗原《くりはら》を見た。

彼は、結城《ゆうき》のお金を彼の家族に渡し、それから死んだ。未練もなく。

そう考えると、自分の死ぬ時を、自分で決められる、というのは随分と幸せなことなのかもしれない、と思った。

世の中には不慮の事故や事件で命を落とす人が沢山いる。結城もその一人だ。

それに、逃げたとしても、逃げ続けられるとは思えない。紙魚子《しみこ》なら簡単に見つけてしまうだろう。それに、同じように五日逃げていただけの栗原の姿も思い出す。周りの全員が追っ手に見える、心休まらない生活。きっと耐えられない。

自分の死を決める時がきたのだ。

そう思った瞬間、足が震えだした。

次の呼吸が最後かもしれない。次の瞬きが最後かもしれない。

瞼《まぶた》の裏にじいちゃんとばあちゃんの顔が浮かび、涙が溢《あふ》れ出した。

死にたくない。だけど、せめて二人には心配かけずにいたい。

「……頼みがあるんだけど」

「何？」

「じいちゃんとばあちゃんに、旅行に行くって、俺からのメールを送っといてくれ。紙魚子なら簡単だろ」

「でしょうね」

「よろしく頼む」

俺は穴の中に降りようとする。

「——逃げないのね？」

「ああ。あ、それともう一つ頼みがある」

「何よ」

「銃なんかじゃなく、鉄火《てっか》の手で殺して欲しい」

「どういう意味？」

「なんか、持ってるだろ……鉄のナックルみたいなの。あれの方がいい」

「……痛いわよ」

「痛いのが続くのは嫌だけど、少しくらいならちょうどいい罰だ。できれば三発以内で意識がなくなると助かる」

「一発でやってあげる」

鉄火は懐中電灯を放り投げてから拳銃《けんじゅう》をしまうと、スカジャンのポケットに両手を突っ込み、ナックルを装着した状態の拳《こぶし》を出す。

「そっちの方がいい。きちんと、鉄火の力を、感じてから死ねるなら、後悔はない。それに、知りたかったんだ。その丸い突起物と、トリガーがなんなのか」

「トリガーのこと知ってたの」

「『かいはつしつ』でサンプルを見た」

「そういうことか。これを引くとね、電流が流れるのよ」

「スタンガンになってるわけか」

「出力を最大にしといてあげる。一回で、逝《い》けるわ」

「助かるな」

俺は穴の縁に立った。

足の震えは止まらない。これ以上長引くと頭が壊れてしまいそうだ。

「最後の質問」

鉄火《てつか》が小さな声を出す。少し震えているように感じた。

「何」

「どうして、私が人を殺さないと思ったの？」

「あ、ああ」

寒さと恐怖で声が震える。

「い、一番初め。劇場。出会った時。鉄火、俺に『動かないで』って言っただろ。殺すような人は、ああいう、相手を気遣う言葉は言わないいんじゃないかと思って」

「……貴重な意見ね。参考にさせてもらうわ」

夜の闇の中を鉄火が近づいてくる。

一度トリガーを引いたのだろう。バツンッという音と共に左右の拳《こぶし》が一瞬青白く発光した。

「目を瞑《つぶ》って。動くと一発では済まないわ」

言われた通りに目を瞑った。

この世で最後に見た景色は、青白い光で照らされた鉄火の姿か――まあ悪くない。

目の前に鉄火が立ったのだろう。夜風に乗って少しだけ、甘い香りがした。と、同時に俺は両肩を前から軽く押され、バランスを崩す。

「お？　おわ――っ？」

思わず目を開けると夜空が見え、すぐに視界が回転して地面が見えた。

穴の中に落とされたのだ。

「痛たたた……」

穴の縁から鉄火のシルエットがこちらを覗《のぞ》き込む。

「上がってきなさいよ」

「……なんで一回落としたんだよ」

俺は体勢を直し、穴から上がろうとして――遺体袋を踏みつけてしまった。

「う……うう」

遺体袋の中から声がした。

思わず駆け寄って、ジッパーを下ろす。

袋の中で栗原《くりはら》が苦しそうに咳《せ》き込んだ。

「鉄火《てっか》！　まだ生きてる！」

「良かったじゃない。二人で上がってきたら？」

笑顔を浮かべた鉄火が、懐中電灯をこちらに向けた。

2

栗原の肩を担《かつ》いで、穴から這《は》い上がった。

服は血で汚れたままだったが、出血はもうしていないようだった。

「大丈夫ですか？」

「う、うん、ありがとう」

栗原は地面に座り込んだ。

鉄火は穴から少し離れたところに立っていた。

「……どういうことなんだ？」

「見ての通りよ。彼は生きてる」

その時気付いた。

——防弾チョッキか。

「服を——脱いでもらっていいですか」

「わかった」

栗原《くりはら》が上着のボタンを外すと、その下から、映画やドラマなどでよく見た防弾チョッキ——ではなく、のっぺりとした緑色のジェルがぐるりと上半身を覆っていた。ジェルは銃弾を受け止めた状態で、背中側から溢《あふ》れ出た赤黒い液体が乾き始めているのがわかった。

「えーと……なにこれ」

「防弾ジェルらしいです」

「こんなの見たことない」

「私もよ。フヤラ特製、びっくりどっきりデバイスね」

「この血みたいのは？」

「血に見える液体じゃないかしら。少なくとも人間の血液ではないと思うけど——人間の血液でなければいいけど」

言い直すな。

「衝撃を受けると、背中側の袋が破れて、流れ出すそうです」

栗原が申し訳なさそうな声を出す。

あの時、四日市《よっかいち》がフヤラに作らせていたのはこれだったのか。

というか、俺と村山《むらやま》たち以外は全員、この事を知っていた？

「栗原さん――殺されないって、知ってたんですね？」

「これを貼り付けられるときに初めて知ったんです、僕も」

「教えてくれればよかったのに」

「すみません。言うなといわれたんです。四日市さんに」

「どうして」

「あんたが、こちら側の人間ではなかったからよ」

鉄火《てっか》が懐中電灯の光をこちらに向けた。

「……組合員じゃ、なかったから、か」

「それは細かな分類に過ぎないわ。私が言っているのは、ステージの話よ」

これまでの日常とは違うステージ。

「まさか本当に三百万稼げるなんて誰も思ってなかったけど――あんたがあの時、あいつらに六百万請求した時、こちら側のステージに足を踏み入れたのよ」

四日市の声が蘇《よみがえ》る。

――君は、取り返しのつかない事をしたんだ。

あれは、そういう意味だったのか。

「四日市《よっかいち》もアバラも、あんたが三百万稼いでも稼がなくても、どのみち一週間後には殺して、それであんたは日常に戻っておしまい、にするつもりだったと思う。けれど、あんたは自ら進んでこちら側に入って来て、そのうえ、交渉を成立させてしまった」

「ちょ、ちょっと待って。言っている意味がわからない。俺が殺されて、それで日常に戻る、ってどういうことなんだ？　死んでるのに日常もクソもないだろう」

「そうね、説明するより見てもらうほうが早いわ――始めましょうか」

その言葉で栗原《くりはら》が立ち上がった。

何が行われるのだ、今から。

鉄火《てっか》は装着したナックルの側面に付けられたつまみを触り、

「出力最小だし、痛いのは一瞬だから」

「わかった。お願いするよ」

栗原はそう言って目を瞑《つぶ》る。

「……何やってんだ？　殺すのか？」

「そう。殺すの。見てなさい」

そう言うなり鉄火は、右拳《こぶし》を上から斜めに振り下ろし、栗原の顎《あご》先に当てた。ヒットの瞬間、パシッという音と共に青白い光が発光し、栗原の顎が素早く揺れたように見えた。

少し遅れて栗原は両膝《ひざ》を同時に折り曲げて地面につけ、そのままうつ伏せに倒れた。

慌てて駆け寄るが、気絶しているだけだった。

「生きてる……」

「依頼達成。ここ数日間の彼、を殺したの」

「どういう意味だ？」

「次に栗原が目覚めたら、私たちのことは何も覚えていないはずよ」

「――記憶を消したのか」

「そう。それが私の仕事。私は――流す電流と強さと角度によって、消去する記憶の期間を選べるの」

鉄火はナックルを外して誇らしげに胸を反らせる。

消去する記憶の期間を選べる、だと？

「……嘘《うそ》だっ！　そ、そんなこと不可能だ！」

「ええ？　だ、だってできるんだから仕方ないじゃない！」

「そもそもどうやってそんな技、身につけるんだよ？」

「悪い奴《やつ》を見つけて片っ端から練習台にしたのよ」

「恐ろしい人体実験をするな！　後遺症が残る人だっていただろう!?」

「い、いたけどいいのよ、そうなってもおかしくないくらい悪い奴だけを選んでやったから」

なんてひどい話なんだ。

その時、林の中から半画《はんが》が現れ、栗原《くりはら》の身体を持ち上げると、俺の方に視線を飛ばす。

「——そっちはどうするんだ」

「このままでいいわ」

「わかった」

半画は先に歩き出し、鉄火《てつか》もそれに付いて行く。

「——降りるわよ。麓《ふもと》までは送ってあげる」

「わ、わかった」

俺は走って半画に追いつく。

「み、耳は大丈夫ですか？」

「あ？　なんか取れてたみたいだけどな、今はもうくっついてる」

半画は顔の左半分に大きく貼られたガーゼを見せた。

「どうやら俺が暴れたせいで、劇場の観客席に、顔から突っ込んじまったらしい。それでプチンと取れたみたいだが、とりあえず今はくっついてる。まあ憶《おぼ》えてないんだが」

「そ、そうだったんですね」

半画は半分タトゥーの顔で笑った。

3

林と茂みの中を大分長い間歩くと、ようやく山道に出た。そこから少し下った場所に駐車スペースがあり、そこに一台の車が止まっていた。

後部座席に気絶したままの栗原を押し込み、その隣に俺が座る。

鉄火は助手席に座り、運転席に座った半画がアクセルを踏んだ。

「一週間経ったら、鉄火が俺の記憶を部分的に消して、それで家に帰されてたってことか」

「まあ、大まかに言ってそのつもりだったはずよ、アバラは」

そして、先程栗原の記憶も消去した。

俺があの時、働く、なんて言いださなければ、もう少し早く帰れていたのかもしれない。

数日間の記憶——鉄火たちのことも全て——なくなった状態で。

「小金井《こがねい》組合について教えてくれ」

「——話せることなら」

「殺し屋集団とは、違うんだな？」

「言ったでしょ。なんでも屋、よ。ただし、町のそれとは違う。ウチに依頼に来るのは、警察とか探偵とか、そういう真っ当なやり方では解決できない人たちよ」

「——村山《むらやま》たちが店に辿《たど》り着いて、栗原が辿り着けなかった理由はそれか」

「そういうことね。そして私たちは、依頼は引き受けるわ。基本的には何であれ」

「殺しの依頼でも、か――」

「勘違いしてもらいたくないのだけれど、外道に身をやつしてしまったからではないわ。小金《こがね》井《い》組合はね、この界隈《かいわい》じゃ弱小なの。仕事を選んでるうちに、他に潰《つぶ》されておしまい、なのよ」

「それはわかった。でも、さっき鉄火《てっか》は依頼達成と言ったけれど、実際にはまだ誰も殺していないのは?」

「殺してしまった方がいい人間なんて、いないから――」

その言葉に少し感心する。

「――と、アバラが言うからよ」

従っているだけか。

「殺されてもいい人間は、いるけどな」

運転席で半画《はんが》が笑った。

「知ってるわよ、そんな事。でも今回の場合、栗原《くりはら》はそうじゃなかった。だから記憶を奪っただけ」

「村山《むらやま》たちの目の前で栗原を撃って、本当に殺したように見せかけたのはわかる。でもその後、記憶を消すのは?」

「彼が本来、私たちなんかと関わるはずじゃなかった人間だったからよ。でも巻き込まれてしまった。だから、その間の彼の記憶を殺す必要があるわ」

「巻き込まれてっていうか、呼び出したのはこっちだったんだけどな……」

「仕方ないでしょ、あの時点ではまだわからなかったんだから！　とにかく。私たちは依頼を受ける。そこから調べるのよ、自分たちで。持ち込まれた依頼が、果たしてどういう本質を持つものなのか、を。それ次第で、出方を変えるわ。私たちの仕事というのは、そういうことなのよ」

「じゃあもし、栗原が本当に悪人で、金を盗んで笑ってるような人間だったら――」

「本当に殺されていたでしょう、ね」

鉄火の言葉にはどこか楽しそうな響きが混じっていた。

「でもまあ、そうはならなかったわ。結果、クズは村山たちで、栗原は被害者だとわかった。だからアバラは、栗原殺しの依頼を受けながらも、栗原の命の方は、助ける事にしたの」

「殺す、なんて言葉使わなきゃいいのに」

「記憶を消す、って？　初めから手の内明かしてどうするの？　それに私は、本当に全く、自分の名前すらも覚えてないくらいに全ての記憶を消す事だって出来るのよ。そのまま外国の路上に放置する事だって出来るし、そうしたことも何度もあったわ。そうなったら、その人のパーソナルは、死んだも同じだわ」

その話で、鉄火が初めて会ったとき俺に言ったことを思い出す。

――殺す、というのは、肉体も存在も戸籍も歴史も誰かの思い出も、その全てを別の新たな次元に移行させて、この世界に残る痕跡《こんせき》を、全て消去する事を指すのよ。

そういうことだったのか。

「俺の記憶を消さなかったのは、何でだ?」

「アバラがそうしろって言ったのよ」

鉄火《てつか》は結んでいた髪を解いた。

「——見込みがある、って。ただし、選ばせろ、とも言ったわ」

「選ぶって、何を」

「エピタフに戻るかどうか、よ」

「エピタフ?」

「店の名前——意味は知らない。四日市《よっかいち》は反対したわ。素人《しろうと》の一般人を受け入れることを。でも、ステージを変えたのは迅太《はやた》自身だ、と言われて説得された」

あそこに戻るだって?

そう考えた時、鼓動が速くなるのを感じた。

いや、馬鹿な事を考えるな。せっかく解放されるというのに、どうして店に戻る理由があるんだ。家に帰って、日常に戻る方が絶対に良いに決まってる。平凡で、静かで、善良な日常を。学校に通って部活なんかして、家に帰ってご飯を作って風呂に入って寝る。そっちの方が絶対にいい。返り血を浴びた男が来店したり、個人情報をなんとも思わない女の子や人の記憶を自由に消す女の子がいる日常なんかより――。

「戻ってこない方がいいと思うわ」

鉄火は窓の外に目を向けたまま静かな声を出した。

「四日市は怒ってる――あんたがこっちのステージに上がりこんで、トラブルを呼び寄せた事にね」

「トラブルって」

「あの馬鹿たちに、六百万請求したことよ」

「おっ六百万か。いいな」

半画《はんが》が笑った。

「金額の問題じゃなく、考えなしの馬鹿を焚《た》き付けたことよ。きっと、素直に支払うはずがないわ」

「謝る。でも、村山《むらやま》たちが乗り込んでくるくらいなら、追い返せるんじゃないのか？」

「そこまで単純な馬鹿なら話も早いんだけど、残念ながらもう少しだけおつむが回転するの。ああいうのは大抵、自分たちでは乗り込んでこない。どこかの誰かに頼むに決まってるわ」

「ヤクザとかチンピラとか、だな」

半画はおかしそうに笑った。

「そういうこと。そうなると事態はもう少し面倒くささが増すわ」

確かに、そうなってしまっては追い返してハイおしまい、という話にはならないだろう。

——感情で動くからアマチュアなんだ。

アバラの言葉が蘇《よみがえ》った。

栗原《くりはら》の死を、刻み付けてやりたいという、俺の個人的な感情のせいで、村山《むらやま》たちを挑発してしまった。

俺のせいなのだ。

「——わかった。戻るべきじゃないだろうな」

「そうね。そうするべきだわ」

その後はしばらく車内に会話もなく、山を下りた辺りで車は止められた。

俺は車から降りる。

東の空が明るくなり始めていた。

「それじゃあ」

「歩いて帰れる距離なのか、ここから」

「どっか適当なところでタクシーを拾えば可能よ」

「お金持ってないんだけど」

「上着の内ポケットに入れてあるわ」

確かめると、確かに封筒が入っており、表面に『給与』の文字が見えた。中を覗《のぞ》くとお札が数枚と、明細票が見えた。

「バイト代が入ってる……」

「そういうところ、キッチリしてるのよ、四日市《よっかいち》は。それじゃあね、迅太《はやた》。次に会うことがあったら、今度はメニューの一番上から順に作ってもらうわ」

「ああ。会うことがあればな」

「きっとあるわ」

「なあ、」

俺は窓の向こうの鉄火《てっか》に声をかける。

「あのとき、俺が山に逃げてたら——どうしてた？」

鉄火は何も言わずに手をひらひらと振り、車は走り去っていった。

「お客さん、そろそろ小金井市《こがねいし》ですけど」

運転手のその言葉で、俺は目覚めた。

タクシーの後部座席で、いつの間にか寝ていたらしい。

慌ててメーターを確認したが、目玉が飛び出るような金額にはなっておらず、安堵《あんど》する。

空は結構明るくなっていた。街を歩く人の姿も少なくない。

「あ、と、とりあえず駅の方に向かってください」

駅からなら歩いて帰れる、と考えながら街中の人たちを見ていた。

たった数日のはずだが、随分長い間、日常に生きる人を見てなかったように感じる。

彼らは、ステージの違う人々だ。そしてそこは、俺が戻るべきステージでもある。

そんな事を考えながら窓の外を眺めていると目の端が気になるものを捉《とら》えた。

「ちょ、ちょっと車止めて下さい！」

「え？　どうしました？」

タクシーは少し先で、停車する。

俺は振り返り、リアウインドウから先程見つけた人物を確認する。

顎鬚《あごひげ》を生やした、背の低い痩《や》せた外国人がガードレールにもたれかかり、煙草《タバコ》を吸っていた。

その人物の前に、三人の男が立ち、何かを話している。

村山《むらやま》、相良《さがら》、前島《まえじま》だった。

やはり見間違いではなかった。

三人は、東南アジア系の男に封筒を渡す。

男は路上に煙草を投げ捨て、笑いながらそれを受け取った。

男は顎鬚を撫《な》でている。その顎が上に持ち上げられ、その裏に刻まれたタトゥーが見える。

——それは、三つ目の虎のようだった。

顎の裏に三つ目の虎のタトゥー。ここ数日で、確かにそんな話を聞いた。

思い出した。鉄火《てつか》と紙魚子《しみこ》が女の子らしくない会話をしていた、あの時だ。

――『虎宴《コーエン》』のメンバーなら、全員、証として顎の裏に三つ目の虎の刺青《いれずみ》があるはずですからっ。

――あの東南アジア系の男は、『虎宴』のメンバーだ。

「運転手さん。駅やめます」

「じゃあ、どこに向かいます？」

どこに行けばいいのだろう。俺はエピタフがどこにあるかを知らないのだった。むしろ、知っている場所はひとつしかなかった。

「日の出商店街――そこの、回座《まわるざ》って劇場に」

七章　前略、大変なことになりました。

1

『日の出商店街』の入り口で降りた俺は一目散に劇場へ向かう。

エピタフの場所はわからなかったが、そこからそう遠くない場所にあるはずだ。

そう考えた理由は二つ。

一つは、あの時、鉄火《てつか》たちの標的だった半画《はんが》が劇場にいた事。

そしてもう一つが——。

いた。

初めて劇場に来たときに受付の窓の下で丸くなっていた——尻尾《しっぽ》の先が銀色になった黒猫。

こいつがエピタフに現れたこと、だ。

猫はこちらを見つめてからあくびをすると、背中を向けて歩き出した。

付いてこい、と言ってるように思えた。

猫は劇場の横、住宅や店舗との狭い間をするすると進んでいく。

人間は何年も通らなかったであろう裏道を追いかけていくと、やがて猫は止まり、こちらを見て短く鳴いてから、頭を低くしてするりと劇場の壁の中へと消えていくように見えた。

地面と壁との間に、劣化でできたであろうひび割れが口を開け、猫はそこを通って入ったのだ。

いや、これ人間には無理だろ。

どこかに入り口はないかと探すと、目の高さより少し高い位置に小さな曇りガラスが見えた。

これだ。

俺は近くにあったブロックを上着で包み、周りを見渡してから何度かガラスに打ち付けて割った。

ガラスの破片を全て落としてから窓枠に手をかけ、何とか上半身をくぐらせる。

そこはトイレだった。タンクに手をかけて体を引っ張ろうとして、勢いがつきすぎた。

俺は頭から和式便器へと落ちていく。

最悪だ。でもまあいい。どうせ何年も使われていないはず、だ。何年も使われていない事を祈る。

トイレから出ると、どうやらそこは楽屋らしかった。

楽屋から繋《つな》がる舞台裏の通路の奥から、猫の鳴き声が聴こえる。その声の方向に進むうちに、どんどんと通路は暗くなっていく。

猫の声が暗闇から再び聴こえた。

俺は暗闇の中を進んで行く。壁に手をついたまま、何度か角を曲がり、階段を降り、やがて薄い光が見えてくる。

駆け寄ると、突き当たりの壁が少しずれており、そこから一筋の光が漏れているのだった。ずれた隙間《すきま》に顔を付け、向こう側を覗《のぞ》く。

目の前に椅子《いす》やテーブルが乱雑に積まれていた。

その向こう側から猫の鳴き声がした。

これは、エピタフ奥の通路。その突き当たりだ。

初日の夜、俺が積まれてた椅子やテーブルなどを一度バラし、もう一度適当に積み上げた結果、猫一匹が通れる隙間が生まれてたらしい。

ここさえ通れれば、店内に戻れる。そして、先程見たものをいち早く誰かに知らせなければ――。

駄目もとで、突き当たりの壁に思い切り体当たりしてみた。

痛い。でも、少しだけ壁がずれてくれたような気もする。

もう一度。

体を後退させて助走をつけようとして、背中が誰かにぶつかる。

――誰だ。

振り向いた瞬間、鼻に拳《こぶし》が飛んでくる。ほぼ同時に、腹を思い切り蹴《け》り飛ばされた。

その勢いでもう一度突き当たりの壁にぶつかる。

すぐに服を掴《つか》まれて無理やり立たされ、顎《あご》に硬いものをあてられ、視界がぐるりと回る。視界の端で、顎にあたったものを捉《とら》えた。肘《ひじ》だった。同時に脇腹に逆の手の拳がめり込む。胸の辺りをもう一度正面から蹴られ、俺は再び背中から壁にぶつかる。

その衝撃で壁は剥《は》がれた。今度は胸に強烈なタックルをくらう。

突き当たりの壁は適当に積み上げられていた椅子やテーブル、タンスなどを巻き込みながら向こう側へ倒れていった。

心臓の鼓動が速い。顔に何かぬるりとした温かいものが流れているのがわかる。口の中に何かコロコロとした堅いものが入っていたので、吐き出すと、歯だった。

頭上から、ふー、というため息が聞こえた。その人物の靴が視界に入ってくる。首を回し、天井を見上げると、顎鬚《ひげ》の下から三つ目の虎のタトゥーがこちらをにらみ返していた。

その人物は俺を見下ろし、手を差し伸べて来た。

間違いない。先程村山《むらやま》たちと話していた東南アジア系の男だ。

「ハイ。ワタシ、ガイヤーン」

ガイヤーンは小声で自己紹介をして、俺の手を握ると、片手だけで無理やり体を起こした。

握手をした状態のまま、ガイヤーンはニッコリと笑う、手を解こうとしてもすごい力で握られていたため、解くことが出来ない。

ガイヤーンはそのまま、上着の内側から端に短いリボンの付いた鉄串《てつぐし》を一本取り出すと、手の中でくるりと回転させ、俺の腕へ深く突き刺した。

「あああああああっ！」

新たな激痛に喉《のど》の奥から声が絞り出された。

次の瞬間。

通路の奥を照らしていた明かりが消され、辺りは一気に暗闇に変わる。

「シー」

ガイヤーンが俺の口を手の平で覆う。

暗闇の中を静寂が包んでいく。

俺の短く浅い呼吸音。それと右腕から流れる血が床に落ちる音以外はなにも聞こえない。

実際には十秒程度だろうが、俺には三十分くらい経ったように思えた。

カチッ。

という小さい音と共に頭上の電球が灯り、俺とガイヤーンの姿だけがスポットライトのように浮かび上がる。

空気を切り裂く音が暗闇から聞こえたのと同時に、包丁が回転しながらこちらへ真っすぐ飛んでくる。ガイヤーンはそれを新たな鉄串で受け止め、地面に落とす。すぐさま俺の腕をとったガイヤーンは俺の体を正面に回し、自分は背中へ隠れた。

ガイヤーンは真上の電球へ鉄串を投げ、割ると同時に後ろへ下がる。

一瞬だけ暗くなるが、すぐさま次の電球が灯り、俺とガイヤーンの姿が再び照らされた。

新たな包丁が飛んできたが、思い切り身を捩《よじ》って何とか避ける。

その電球もまた鉄串によって割られた。

「ちょ、ちょっと待て！　見えてるだろ！　俺に向かって包丁投げてどうする！」

「不思議な話だ。死人が話して歩いてる」

暗闇の奥から春姫《しゅんき》の声が聞こえた。

「死んでない！　生きてる！」

「覚えとけ。塞《ふさ》がれてる裏口を破って侵入してくる奴《やつ》はな、殺されたって文句いえねーんだよ。その上背中に爆弾括《くく》りつけたままならなおさらだ。おい迅太《はやた》。その爆弾の出所《でどころ》は？」

「虎宴《コーエン》、だと思う」

返事はなかった。

「おい、なんか言ってくれ……」

「……最悪だ。嫌がらせの天才かよおめーは？　なんだってよりにもよって、ジャングル追い出された腹ペコの虎なんか連れて戻ってくんだ！」

暗闇の中でガイヤーンが背中を押す。

少しずつ進めという意味らしい。喉元《のど》にひやりとした感覚がする。どうやら鉄串《てつぐし》を突きつけられているみたいだ。

「街で村山《むらやま》たちを見た。いち早く知らせようと思って」

暗闇の中、正面から聞こえる春姫《しゅんき》の声に向かって静かに歩き出す。

「追いつかれてちゃ意味ねーな。そいつと一緒にな、回れ右して帰れ」

「できることならそうしたい」

暗闇の廊下をゆっくりと進む。左手側の壁に、小さな赤い光が一瞬見えた。

『かいはつしつ』のドアが少しだけ開いている。

あの辺りを通る時がチャンスだ。一瞬でいい。隙《すき》ができれば、『かいはつしつ』もしくは寝室へ飛び込むことができるのではないだろうか？

あと二メートルくらいだろうか。それとももう通り過ぎてしまった？　ガイヤーンに酷《ひど》く殴られた痛みが遅れてやってきた。顔も体も全てが痛い。こめかみからぐわんぐわんという音が頭中に響き、まともに音も聞こえなくなっていた。ぐわんぐわんに合わせて血が流れていくのがわかる。

次の瞬間。

「ニャー」

猫の鳴き声と共に、俺の腕を掴《つか》んでいた力が一瞬だけ緩む。ガイヤーンはそちらへ意識を向けたようだ。

　そのタイミングで腕を振り払う。

　電気がつき、一瞬世界が真っ白に見えたが、床に黒猫の姿を見つけて抱きかかえ、そのまま、『かいはつしつ』の向かいにある寝室へと駆け出す。

　廊下の真ん中に、スコープとガスマスクを装着したフヤラが立っていた。その手には小型の消火器のようなものが握られている。

　急いで寝室に飛び込む。ガイヤーンの巻き添えはごめんだ。

　ほぼ同時に、噴出音がして、フヤラがガイヤーンの顔めがけて小型消火器のレバーを引いたのが隙間《すきま》から一瞬だけ見えた。

「ここから出るなよ」

　猫はベッドの上に飛び乗ると神経質そうに全身の毛を舐《な》め始めた。

　閉めたドアの隙間から煙が入り込んでくる。強烈な刺激臭がした。

　あ、これ前にも嗅《か》いだ事ある。鼻水が止まらなくなったやつだ。

「アアアアアアアアアアア！」

　ドアの向こうからガイヤーンの苦痛の咆哮《ほうこう》が聞こえ、ドアが何度もガンガンと叩かれる。

　開けられないように必死でドアノブを掴んでいたが、力では勝てず、ドアは開けられてしまった。

一気に白い煙が流れ込み、思わず口と鼻を上着で覆う。

煙の中から目を真っ赤に充血させ、顔中の穴という穴からだばだばと液体を垂れ流すガイヤーンが現れた。

「入室禁止だ！」

俺はガイヤーンの腹辺りに正面から蹴《け》りを入れる。

握られた鉄串《てつぐし》が同時にこちらへ向けられ、俺のスニーカーの底を突き通り、そのまま足の裏から甲へと貫通した。

「ぎゃあああああっ！」

先端が真っ赤に染まった鉄串がスニーカーの紐部分からこちらに飛び出していた。

ガイヤーンは真っ赤な目のまま笑みを浮かべ、俺の足を持って、鉄串を思い切り引き抜いた。手の中でくるりと回し、今度はそれを俺の喉《のど》元向けて振り上げる。

「おい」

廊下から声がした。思わずそちらを向いたガイヤーンの顔に木の棒が叩き込まれた。

ゴーグルを着け、鼻と口元にバンダナを巻いた春姫《しゅんき》が棒を引き戻す。ピアスは全て外されていた。

棒の先端には短い鎖が埋め込まれ、それはもう一本の棒とを繋《つな》いでいた。棒は合計で三本あった。あれ、三節棍《さんせつこん》ってやつかな。

「迅太《はやた》、寝室から出んなよ」

春姫が俺に言った瞬間、彼女の足下にガイヤーンが走りこみ、そのまま両膝《ひざ》を抱えるようにして床に押し倒した。

「くそったれっ」

春姫は両手で顔をガードする。ガイヤーンはお構いなしに体に跨《また》がり、上から何度も拳《こぶし》を振り下ろす。

春姫はそれにタイミングを合わせ、振り下ろされたガイヤーンの左腕を両手で掴《つか》んだ。ガイヤーンは右拳を春姫の顔に打ち下ろしていく。

春姫はガードもせずにそのままにさせていたが、やがてガイヤーンの左の指を四本まとめて掴むと、躊躇《ちゅうちょ》もなしに反対側へ思いきり折り曲げた。

ボギギッ。

嫌な音が低く聞こえた。

「アッ！」

ガイヤーンが思わずその手を庇《かば》ったタイミングで、春姫は腰を跳ね上げ、跨っていたガイヤーンを床に倒す。

春姫は口の中に溜まっていた血を床に吐くと、

「指はまだあと十六本残ってるぜ。折り合いしようや」

と口だけ歪《ゆが》めて笑顔を作った。

春姫《しゅんき》がガイヤーンの右腕を掴《つか》み、その腕を背中側に回そうとした瞬間、ゴパッという嫌な音がして、ガイヤーンの右腕が異常に伸びた。自ら肩を外したのか？

「は？」

何が起こったかわからない春姫の後ろにガイヤーンは回りこみ、背中を蹴《け》って床に転がす。床に付きそうなくらいに伸びた右腕を指の折れた左手で掴むと、肩の骨を押し込む。嫌な音がもう一度鳴り、ガイヤーンは再び肩をはめ込んだ。

立ち上がった春姫から距離を置くように、ガイヤーンは店内へと走っていく。

目の前にある『かいはつしつ』のドアが薄く開き、そこから片手が「おいでおいで」をしていた。

素早く中に滑り込み、ドアを閉める。フヤラがガスマスクを外していた。

「フヤラ、春姫を助けたい。なんか便利アイテムないの」

「小型爆弾なら」

「威力は？」

「小金井市《こがねいし》が消滅します」

全員死ぬじゃん。

「あれは？　俺を気絶させる時のあの、ハンカチに染み込ませるやつ」

「あるにはあるのですが」

フヤラは乱雑な机の上から小瓶《こびん》を取り出す。底に一センチほどの液体が残っていた。

「もう少ししかないのです。迅太《はやた》に使いすぎたせいにより」

「そりゃ悪かった」

ていうか使ってくれと頼んでもいないのだが。

「まあこれくらいでも、十分くらいなら意識を奪うことが可能」

フヤラはハンドタオルに染み込ませていく。

「その代わり、一度で、確実に鼻と口を塞《ふさ》ぐ事。一瞬でも駄目。その状態で、呼吸を一度させないと効果ないですので」

「わ、わかった」

「手負いの虎イズ凶暴。なるべく死なないでいてくれると今後助かります」

「……頑張るよ」

2

俺はハンカチを持って店内へと進む。

右手と左足の裏からは血が流れ続けており、スニーカーの中にはちょっとした池ができていたが、だからと言って休んでいるわけにはいかない。

　春姫《しゅんき》が、ガイヤーンの鉄串《てつぐし》を三節棍《さんせつこん》で防いでいた。

　ガイヤーンは左手の指を折られたせいで右手しか使えていない状態だったが、春姫もまた無事とは言えない。

　ガイヤーンが春姫の右に回りこみ、肩に鉄串を刺し込んだ。

「があっ！」

　春姫は苦痛に叫び、三節棍を取り落としてしまう。

　直後、ガイヤーンは素早く回り蹴《け》りを春姫の後頭部に叩き込んだ。

　春姫はその勢いのままテーブルに突っ込み、動けなくなる。

　その間に俺は、椅子《いす》を手に、ガイヤーンの背中に近づいていた。

　人なんて殴った事は無い。ましてや、椅子なんかで殴ったら大変な事になるかもしれない。

　でもやるしかなかった。目の前で春姫が戦っているのに、自分だけ逃げ回るわけにはいかない。

　覚悟を決めた。

「おい」

　椅子を振りかぶって声をかける。

「二本目の歯を埋め込んでくれるか」

そう言ってからこちらへ顔を向けたガイヤーンの左側頭部めがけて椅子を叩き込もうとする。だが、ガイヤーンは指の折れたままの左手で、振り下ろされた椅子を殴りつけてきた。椅子はバラバラに砕け散ってしまう。直後にガイヤーンは間合いをつめ、俺を抱え込むとそのまま床に投げ落とした。

あの気付け薬を大量に吸い込んだはずなのにこんなに動けるもんなのか。吸ってなかったらどうなってたんだ一体。

ガイヤーンは床に倒れこんだ俺を見下ろし、

「ม้านไม่เพียงพอ」

涙と鼻水と涎《よだれ》を血でミックスさせた顔を歪《ゆが》めて外国語で何か呟《つぶや》いてから、俺の顔を踏みつけようと右足を大きく上げた。

その足で顔面めがけて踏みつけられる瞬間、俺は右腕に刺さったままの鉄串を抜き取り、地面に立てて、顔を避ける。

鉄串は、ガイヤーンの足の裏を貫通した。

「アアアアアアッ！」

ざまあみろ、やり返してやった。

「おい、まだ動けるか？」

ようやく立ち上がった春姫がこちらへ手を差し出していた。

その手を握り、立ち上がる。

「もう駄目。そっちは？」

「あと二歩動ければ上出来、って具合だな」

「じゃあもうお客さんには帰ってもらわないと」

「カウンターの中、入ってな。フライパンくらい握れんだろ」

俺は体を引きずりながらカウンターの中へ入る。

「あいつさっき、なんて言ったかわかる？」

「あー……割りに合わねえ、とよ」

「そのまま村山《むらやま》たちに引き合わせたいな」

その時。俺はカウンターの中で光るものを見つけた。カウンター内のモニターだ。

そして、そこに映っているのは、希望、そのものだった。

「春姫《しゅんき》」

「あ？」

「まだまだ全然やれるぜ、って顔しといて立っといてくれるか」

「お前な。さっき言った事聞いてなかったのか？」

「いいから。俺も同じようにハッタリ利かすから」

「クソ。それであの虎が興奮してやる気だしたら、どーする？　あたしら三人とも、立ったま

まで全身をあの忌々《いまいま》しい鉄串《てつぐし》で覆われる。人間サボテンの完成だ」

「頼む」

「何考えてんのか教えてくれたっていーじゃねえか、ったく」

春姫《しゅんき》はカウンターにもたれかかり、腕を組んで笑顔を作った。

足を貫通した鉄串を引き抜いたガイヤーンは、こちら側を見る。

俺は包丁を一本手にし、春姫と同じように、笑った。

ガイヤーンは、そんなこちらの状況を見つめて動かない。

大丈夫。これ以上闘おうとしないはずだ。奴《やつ》は割りに合わない、と言った。恨みもないのに、これ以上ダメージを受ける必要は無い。きっと入り口の方へ走り出すはずだ。

——鉄製のドアの方に。

裏口から入ったガイヤーンは、あのドアの仕組みを知らない。まずは開けようと、船の舵《かじ》みたいなドアノブを握るはずだ。あの鉄製のノブを——。

俺はもう一度モニターを見る。

そこには、ナックルを嵌《は》め、右肘《ひじ》を大きく後ろに引いて構えた状態の鉄火《てっか》が映っていた。

鉄火は顔をカメラに向け、左手の指先を二回細かく動かす。カウンターの天板を叩くように。

――合図を出して。

ガイヤーンはしばらく迷っていたが、やがてじりじりと体をこちらに向けたまま後退し、体を反転させると一気に入り口のドアに向かって走り出し、ドアノブに手をかけた。

今だ。

その瞬間、俺は壁のスイッチに手を伸ばし、看板のスイッチを入れる。

凄《すさ》まじい衝撃音が響き、地下全体が揺れたように感じた。

同時にドア全体が一瞬青白く発光し、ガイヤーンの体が大きくビクンと跳ね上がる。

鉄火が、外側からドアを思い切り殴りつけ、通電したのだ。

ガイヤーンはフラフラと後ずさる。テーブルに手をつこうとしているのか、それとも痙攣《けいれん》しているのか右手をブンブンと空中で振り続けていた。

俺はハンカチを持って背後に回り、思い切りそれで鼻と口を押さえつけた。

ガイヤーンが息を吸い込む。大きく体が膨らみ、すぐに萎《しぼ》んでそのまま床へ倒れこんだ。

「……うまくいった」

「えげつねえなあ……見ろよ、ドア歪《ゆが》んじまってるぞ。どーすんだこれ」

内側へ曲がったドアを開けながら、鉄火が入ってきた。

「ただいま……誰これ」

「「ガイヤーン」」

俺と春姫《しゅんき》は声を合わせた。

「うわっ二人ともひどい怪我《けが》じゃない。大丈夫なの？」

「この有様見て大丈夫だと思えるんならお前から先に病院行った方がいい。目じゃなくて、お脳の方だぞ」

春姫が床に座り込んだ。

「でもまあ、来てくれて助かったぜ」

「フヤラから連絡があったのよ。相手が虎宴《コーエン》だってわかってればもっと大勢で来たのに」

気絶したガイヤーンを調べながら鉄火《てっか》は顔をしかめ、こちらを向いた。

「……意外と早く戻って来たのね」

「こんな目にあうとわかってれば、戻らなかった。見ろよ、手と足には穴が開いて、歯も一本なくしたんだ」

「でも自分で作ったトラブルに、自分で対処したわ。アバラはきっとそこを評価してくれる」

「評価とかもうどうでも……病院に行きたい」

「行ってなんて説明すんだ？　人食い虎に教われましたとでも言うつもりかよ？」

「大丈夫、医者なら呼んだわ」

「――ならば安心だ」

そう呟《つぶや》いた途端、すっと、意識が遠のいた。

3

気が付くと、ソファーの上だった。

またか。

声を出そうとして、口の中に綿が詰められている事に気づく。止血用なのだろう。抜け落ちた歯の空間にそれはあった。

右手と左足にも白い包帯が巻かれ、顔もガーゼで覆われている。

「あ、気付いたね」

「痛てててててて痛てーって、痛てーって！」

テーブルの向こうで、同じように顔面に包帯を巻かれ、氷嚢《ひょうのう》で腫《は》れを冷やしている春姫が叫んでいる。

手当てをしていた医者の顔はモデルのように甘く、大きな火傷《やけど》跡があった。

「砂混《さんじ》さん……お医者さんだったんですか」

体を起こし、口の中の綿を取った。

「元はね。腕は衰えてないつもりだけど」

「拷問《ごうもん》の天才って聞いてたから、てっきり」

「間違ってないよ。医者はね、人間はどこを痛いと感じるのか、よく知っているんだ」

聞かなきゃよかった。

「なぜ戻って来た」

振り向くと、四日市《よっかいち》が歪《ゆが》んでしまったドアを撫《な》でていた。

「村山《むらやま》たちの姿を見つけて——早く知らせなければと思って」

「——よくここに辿《たど》りつけたものだ」

「猫を追いかけてきたんです」

そこで俺は思い出した。

「そうだ、猫は?」

「猫ちゃんっ?」

鉄火《てっか》が目を輝かせる。

「猫の姿など見ていない」

「俺が使ってた部屋に匿《かくま》っていたんです」

「猫ちゃんいるのっ?」

「——いや、見てないな。あそこは今、ガイヤーンとやらを閉じ込めている」

チャリ、と、通路の奥から鎖が小さな音を立てた。

俺は思わず身構える。

「大丈夫だ。鎖で繋《つな》いで、鉄格子《てつごうし》もロックしてある」

「あの猫にも感謝しなきゃ、だな」

春姫《しゅんき》も治療を終え、椅子《いす》にもたれかかっている。

「ガイヤーンの奴《やつ》が、猫に驚いたせいで、いろいろと状況を変えることが出来たんだ」

「猫ちゃんの活躍によりっ？」

バタン、と今度は何かが倒れこむ音が聞こえる。

「一応、何かあったときのために春姫を店に留まらせていたのだが――結果、君が戻ってきてくれたお陰でなんとかなった。ありがとう」

四日市は頭を下げた。

「いやいやいや、俺なんか一人ではとても。ていうか、フヤラもいてくれましたし」

「まあそうだが。あれは元々、鉄火がいなかったために また勝手に店に泊まっていただけで、偶然だ」

そうだったのか。それでもフヤラも闘ってくれたし、なにより鉄火を呼んでくれた。

「でも結果として――フヤラも猫もいなかったら、どうなっていたかわかりません」

キイ、と小さく鉄がきしむ音がした。

「それじゃあ、また数日後に経過を診にくるから――それまでは安静にしているように」

砂混《さんじ》は道具をまとめて立ち上がる。

「これくらいなんともねーよ。腫《は》れさえ引きゃ、こっちのもんだ」

「駄目だ春姫《しゅんき》。君は後頭部をやられてる。絶対に仕事しないように」

「大丈夫。こいつには頼まない」

四日市《よっかいち》がサングラスを押し上げる。

「おいおいおいおいあたしだって稼ぐ必要があんだぜ」

「ちょっといいですか」

俺は先程から感じている違和感を拭《ぬぐ》えずに声を出す。

「――どうした」

「さっきから、奥で何か音が鳴り続けているんです」

俺のその言葉に春姫が奥の通路に走りこんでいく。

「安静にしろって言ったばかりなんだけどな」

砂混が髪をかきあげる。

「やられたぞ！」

角の向こうで春姫が声を荒らげた。

奥へ進むと、廊下の一番奥から春姫が戻ってくるところだった。

「あの野郎、逃げやがった」

「――馬鹿な。鎖に繋《つな》いで鉄格子《てつごうし》も閉まってるのに」

「あー！　忘れてた。クソ、あいつ、関節を自分で外せるんだ。言っときゃよかった！」

鉄格子の隙間《すきま》は、大人の拳《こぶし》が一つ通るくらいしかなかった。

ここを通ったって？

信じられなかったが、鉄格子から廊下の奥へ続いていく血痕を見るに、そうとしか考えられなかったし、なにより、部屋の中にはもう誰もいなかった。

4

四日市が電話をかけている。

「――ガイヤーンと名乗ったらしい。……そうだ。顎《あご》の裏に虎……虎宴《コーエン》だ。鉄串《てつぐし》を使うらしい――知らない？　誰か知ってる奴《やつ》がいるはずだ」

「誰に電話してるんだろ」

俺が呟《つぶや》くと、少し前に出勤して床掃除（モップで血を落とす作業）をしていた紙魚子《しみこ》が顔を上げる。

「多分、ジャスミンさんとこですねっ」

「ジャスミンさん」

俺は繰り返す。

「駅裏にあるタイ料理屋さん。美味《おい》しいですよっ。ジャスミンさんは、この辺りの東南アジア系の人たちを取り仕切ってるんです」

「え、料理屋さんなのに？」

「ていうか大体そうですよ。中華料理屋さんには中国人が集まりますし、インド料理屋さんにはインド人が集まります。迅太《はやた》さんがもし外国に行って仕事を探そうと思った時に、日本人が働く日本料理屋さんがあったら頼りにしたいと思いませんか？」

「思うと思う」

「そゆことですっ。言語はもちろんですが、文化や宗教だってありますからね。なるたけ同じ者同士でコミュニティを作るに越したことはありません」

説得力があった。

「——何かわかったら教えてくれると助かる。こっちも、二人やられたんだ。——じゃあ頼む」

「この椅子《いす》どうするの」

鉄火《てっか》が砕けてしまった椅子を片付けながら電話を切ったばかりの四日市《よっかいち》に尋ねた。

「捨ててしまえ。歯がめり込んでるやつなんて直す気にもならない」

カウンターの電話が鳴った。

「——私だ。……わかりました」

四日市がこちらに受話器を向ける。

「——代われと言っている」

俺は受話器を受け取った。

「——高柳《たかやなぎ》です」

『店を守ってくれたそうだな。礼を言う』

受話器の奥から加工されたアバラの声が聞こえてくる。

「いえ、そんな」

『それと謝らなければいけないことがある。私はどうやら、君の事を随分とみくびっていたようだ』

「え、いや」

『だがまだアマチュアだ。殺しについての事は聞いたな？』

「あ、はい、鉄火に」

『よし。ではそろそろ今回の件は終わりにしよう。先程、村山《むらやま》たちを確保した』

「捕まえたんですか」

『今そちらに運んでいるところだ。後始末を、君がやってみろ』

「ど、どういうことですか」

『納得行く形で、決着つけろ。手段は任せる』

電話は切れてしまった。

「──なんだって？」

「今から村山《むらやま》たちが来るそうです」

「なんだと？」

顔におしぼりをのせて寝ていた春姫《しゅんき》が起き上がる。

「ボコボコにさせてくれ！」

「駄目だ。安静だといわれただろう」

「あいつら三人くらい、準備運動にもなりゃしねーよ」

「決着を、俺がつけろ、と言われました」

「──そうか。では、今度は君がテーブルに座るんだ。私はここにいる。なるべく口も出さない。自由にやってみろ」

四日市《よっかいち》は煙草《タバコ》に火をつけ、カウンター内の定位置に座った。

鉄火《てつか》が椅子《いす》を引いて、俺の着席を促す。

「決着って、何。どうやってつければいい？」

「難しくないわ。あいつら以外の誰もが幸せになれば、それで問題ない」

なんだそれ。どうすればいいんだ。

俺が椅子に座ったその時、入り口のドアが開いた。

5

村山、相良《さがら》、前島《まえじま》の三人は雪崩《なだ》れ込むように入ってきて、そのまま床に倒れこんだ。

三人の後ろから、尋《たず》の巨体と半画《はんが》の細身が現れ、ドアを閉めた。

「……何でドアがこんなに歪《ゆが》んでるんだ」

「元ボクサーの借金取りが来たって言ったら、信じんのか?」

春姫が忌々《いまいま》しそうに言った。

「まあ、座ってください」

俺は床に転がったままの三人に声をかけた。

「三下……」

村山が俺を睨《にら》みながら立ち上がる。

ガイヤーンとやりあった後では、その視線にまるで迫力を感じなかった。

「……座ってください」

ようやく村山たちは着席した。

えーと何を話せばいいんだろうか。

「……」

「……」

「……」

「……」

ヤバイ。緊張して何も言葉が浮かばない。

視界の端、村山《むらやま》たちの背後に座っている春姫《しゅんき》が、自分の顔や手を指差しながら、こちらに視線を送っているのが見えた。

ああ、そうだ。

「――まずは、こんなにハンサムにしてくれてありがとう。ちょうど健康で虫歯もない歯を一本抜きたいと考えてたとこだったし、右手と左足にもピアスを入れたいと考えてたんです」

尋《たず》が口元を隠して笑っているのが見えた。

「でも残念な事に――あの腕の悪い美容整形外科は、指を四本折られて、足の裏にトンネルを開けて思い切り感電させられた後、裏口から出て行った。彼をここに寄越《よこ》したのは――あなたたちですね？」

村山たちは答えない。相良《さがら》と前島《まえじま》はさっきからずっと血の気をすっかりなくしていた。唇《くちびる》が細かく震え続けている。村山はつまらなそうに前髪をしきりに触っている。

「答える必要はないです。見たから知ってる。ガイヤーンに金を渡しているあなたたちを」

相良と前島の体がビクンと一度だけ大きく震えた。

あまり追い詰めすぎるのは、良くない、んだっけ。

この二人に関しては、この辺にしておこう。

「――で、六百万だが、用意できました？」

「……ま、まだです……」

「あ、あと一日あるじゃないですか……」

相良と前島が消え入りそうな声でようやく答えた。

「あった、です。もう状況が変わったし、変えたのはあなたたちです。人食い虎を人んちに放っておきながら、約束は守ってください、なんて虫が良すぎやしませんかね？」

駄目だ。春姫の下品な口調が感染《うつ》ってしまっている。一度咳払《せきばら》いを挟む。

「スマホを出してください」

テーブルの上を指差しながら指示を出した。

相良と前島は即座に、村山はだるそうにスマホをそれぞれ置いた。

「――六百万と言ったが、それも変わりました。見ての通り怪我人《けがにん》が二人も出ているし、大切にしていた店の椅子《いす》も壊れてしまった。入り口のドアも曲がってしまったし、床も汚れた。店の奥の壁だって直さなきゃいけない。そうですね、ざっと見積もって――」

俺は少しだけ考えてから、

「九百万」

と伝えた。

「ふ、増えてるじゃないですか！」

「い、いつまでですか？」

相良《さがら》は叫び、前島《まえじま》は怯《おび》えた声を出した。

「今すぐ、です。ちょうど一人三百万円。今から親に電話して、借りてください。少しでも事情を喋《しゃべ》ったりしたら、その時点で終わりです」

「お、終わりって……」

四日市《よっかいち》が煙草《タバコ》に火をつけながらテーブルに近づいて来た。

「――ガイヤーンについて少し話そう。お前たちはあいつを、その辺にいる、金で何でも請け負う不良外国人とでも思っていたのだろうが、あいつはもっとタチが悪い集団のメンバーだ」

そこで、村山《むらやま》の顔が、ようやく青ざめていくのがわかった。

「虎宴《コーエン》という組織で――まあいい。ともかく、そいつらに引き渡す。きっとガイヤーンの方もお前らを捜してるだろうから、ちょうどいい。それで終わり、だ。あとは知らない。それが嫌なんだったらさあ、今すぐ電話をかけろ」

相良と前島はすぐさま電話をかけ始める。

一度借金しているというのにそれを返済しないうちから新たな借金の申し入れだ。

どうなるかわからなかったが、借りられたなら、それで一つわかることがある。

相良と前島は、泣きべそをかきながら親を説得し、なだめ、時には平謝りをしながら「もう一度人生をやり直すために最後の借金をしたい」と頼み込んでいた。しかも「今すぐに振り込んで欲しい」だ。初めは何度も電話を切られていたが、そのたびにかけ直し、結局、二時間近くの説得の末に二人ともなんとか借りることができた。

どちらも「今すぐ実家に戻ってくること」が条件だった。

半画《はんが》が相良と前島の二人を銀行へ連れて行った。

村山は何度も電話をかけていたが、出てもらえないようだった。

初めはふてくされていたが、今は表情に余裕がなくなってきていた。

「出てもらえませんか」

「仕事中なんだ」

「出るまでかけ続けてください」

「無理。出てもらえない」

「じゃあ、ここで終わりです」

「待って待って、出てもらえりゃ借りれるから」

「じゃあ出るまでかけてください」

村山は出てもらえない電話をかけ続けている。

半画が三百万ずつ入った封筒を二つ持って戻ってきて、「まだやってんの？」と呆《あき》れ顔をした。

四日市《よっかいち》に呼ばれたので、カウンターに近づく。

「どうするつもりだ」

「借りさせますよ」

「駄目だった場合だ。引き渡す、とは言ったが、虎宴《コーエン》は、組織というよりは独立愚連隊《ぐれんたい》みたいなもんだ。連絡先なんか誰も知らないぞ」

「それなんですが、ジャスミンさんに引き渡せませんか」

「なに？」

「東南アジア系コミュニティが、虎宴の進出に困っているなら、ガイヤーンと接触した村山《むらやま》は、コミュニティにとって取引材料として価値があるように思います」

「悪くないが、彼らがあんな価値もない学生上がりに三百万も出すとは思えん」

「三百万で引き渡すんじゃなくて、ジャスミンさんのところで、働いてもらって、その金をこちらがもらう事にすれば引き取ってくれるんじゃないでしょうか」

「なに？」

「労働力と取引材料を手に入れ、村山のバイト代だけ――時給だって向こうで決めてもらって――こちらにもらえれば、それでいい、という条件です。三百万支払わせるまで働かせ、完済後は、こちらにももう関与しない」

「――訊《き》いてみよう」

四日市《よっかいち》は受話器を上げてダイヤルを回し始めた。

ほぼ同じタイミングで、村山《むらやま》の電話がようやく繋《つな》がったようだ。

「あ、もしもしパパ？」

村山は安堵《あんど》した声を出した。

「三百万貸して欲しいんだけど――」

電話を切られてしまったようだった。

「クソ。あいつマジでクソ」

村山はリダイヤルをするが、着信拒否されていた。

「駄目だったみたいですね」

「頼めばいけるんだって！　昨日の金だって借りれたんだし」

……昨日の金って。

「車と時計とか売って用意したとか言ってませんでした？」

「あ……それは、相良《さがら》と前島《まえじま》の話。俺は、借りたの」

「おいおい一日と経たずにまた借金かよ。そりゃ出てもらえねーはずだぜ」

春姫《しゅんき》が呆《あき》れていた。

俺は何度も何度もリダイヤルボタンを押し続ける村山の前に座った。

もうスマホの充電も切れかかっていた。

ここまでだ、こいつは。

「つまりあなたは――」

俺は村山に声をかけた。

「誰からも捜されない人間になったわけだ、今。相良と前島とは違う。あの二人は、親から最後の借金ができました。つまりこれがどういうことかわかりますか？　彼らは、この世からいなくなっても、親が捜すってことです。そういう人物を消すわけにはいかない。でも、あなたは違う。あなたがいなくなっても、もう、誰も捜さないし心配しないってことです。親から見棄《す》てられるってのは、そういうことなんです」

「おやからみすてられる……」

顔上げた村山は、大粒の涙を流していた。

今さら後悔しても遅い。

俺は四日市の方を向く。

ちょうど受話器を下ろすところだった。

「――その条件で構わないそうだ」

俺は村山を立たせようと腕を掴《つか》む。

「さ、行きましょう。あなたは今日から三百万稼ぐまで、自由も立場もないような場所に放り込まれる事になる。そこで働きながら、どうして自分がこんな目にあわなくちゃいけなくなったかを、毎日、毎時、毎分、毎秒思い出しながら生きるんです」

こいつら三人の記憶は消さない。

結城《ゆうき》と栗原《くりはら》にしたことを、忘れさせてはいけない。

村山《むらやま》を椅子《いす》から立たせようとしたその時。

「ウキャキャキャキャキャ──────！」

ズボンのポケットから折りたたみ式のナイフを取り出した村山が、奇声を発しながらそれを振り回し始めた。

「なんなのこいつ……」

鉄火《てっか》がそう言うと同時に、尋《たず》と半画《はんが》、春姫《しゅんき》が立ち上がるのが見えたが、それよりも早く、俺は村山の鼻に思い切り自分のおでこを叩きつけた──と思ったが、実際には、鼻ではなくて前歯付近に命中したのであった。

村山の前歯が何本かはじけ飛ぶ。

尋が村山の体を抱きかかえるように締め付け、春姫が床に落ちたナイフを蹴《け》り飛ばした。

「だ、大丈夫？」

鉄火の声が聞こえたので、振り向いて親指を立てる。

「大丈夫大丈夫。ちょっとくらくらするけど」

と言った矢先に視界が真っ赤に染まっていく。

「あれ？」

「血っ！　迅太《はやた》さん凄《すご》い流血してますっ！」

村山の前歯によっておでこが切り裂かれていたのであった。

その途端、足下がふらつき、ブラックアウト。

何度目だ。いいかげんにしろ。

エピローグ

その後。

村山《むらやま》はジャスミンたちに引き渡された。

紙魚子《しみこ》が一度タイ料理屋に顔を出しに行くと、黙々と床掃除をさせられている姿を見ることができたそうだ。

俺はその後も家に帰ることはなく、怪我《けが》が治るまでエピタフ内で安静を命じられた。

砂混《さんじ》におでこを治療される時、「安静の意味を知らないような人間を家に帰すなんて言語道《ごんごどう》断《だん》。入院だと思って欲しい」と、きつく言われてしまったからだ。

春姫《しゅんき》は全く聞く耳持たず、とっとと帰宅していたが、彼女と二人で二段ベッド生活というのも気が休まらなかっただろうからこちらとしてはちょうどよかった。

もちろん従業員として働くのも禁止され、その間は紙魚子がなんと自ら進んで清掃業務などをこなしてくれた。これには四日市《よっかいち》も驚いていた。

通路奥の壁は、尋《たず》が柄の悪い面々を連れてきて一日で直してしまった。

鉄火《てっか》による「猫ちゃんの通路を作っといて欲しい」という要望が叶えられたのかどうかは謎

だが、あれから一度も猫の姿を見ていなかった。

二週間ほど経った朝、ようやく砂混から安静解除のお達しが出た。

まだおでこにガーゼは貼られたままだが、俺は久しぶりにキッチンに立った。

「――久しぶりのキッチンはどうだ」

四日市が煙草《タバコ》に火をつけた。

「なんか――帰ってきた、って感じがします」

何しろ考えたら、新しく借りたアパートよりも、ここにいる期間の方が長くなってしまったのだ。それも当たり前の感覚かもしれない。

四日市が嬉しそうに笑っていた。

「……そんなおかしいですか」

「――いや、以前にも同じ言葉を、聞いたものだからついおかしくなってな」

「前にも言いましたっけ、こんなこと」

「いや――高柳《たかやなぎ》くんじゃない。鉄火だ」

「鉄火が？」

「あいつが言うには、自分の家よりもここの方が居心地がいいらしくてな。気付いてたか？　あいつがここに来るとき、いつも『ただいま』と言うだろう」

そういえば、そうだったかもしれない。

思えば、フヤラも紙魚子《しみこ》も春姫《しゅんき》も、毎日のようにここに来る。

彼女たちにとって、ここは、家よりも大切な場所なのかもしれない――定時ですぐに帰る四日市《よっかいち》には違うだろうが。

「わかりました」

「食事の準備をしておくといい」

「今日、アバラが来る」

「ええっ……何しに」

「ここはアバラの店だ。来たっておかしくないだろう」

「まあ、それもそうなんですが……」

途端に緊張して来た。

今まで電話でしか話したことがない。

この店のオーナーで、小金井《こがねい》組合の組合長でもある。

裏の仕事屋を取り仕切る人物。

――後始末を、君がやってみろ

自分なりになんとかしたつもりだったが、果たしてどうだっただろうか？

『まだまだ全然駄目だ。酷《ひど》すぎる。まるで使い物にならん。やはり殺してしまおう。記憶を消去するのではなく、本当の意味で』

そんな言葉が聞こえた気がして、背中がぞくりと冷えた。


紙魚子が出勤してきて、俺は看板のスイッチを入れた。

すぐにドアが開き、久しぶりにお婆さんが来店した。

「いらっしゃいませ。お久しぶりですね」

俺はメニューを水と灰皿を置きながら話しかける。

「そういえばそうね。こないだと同じサンドイッチをいただけるかしら。それとホットの紅茶を」

「ミルクを添えて、ですね。かしこまりました」

カウンターへ戻ると既に紅茶が淹《い》れられていた。

紙魚子がそれを運び、俺は早速卵サンドに取り掛かる。作るのも久しぶりだったが、上手《うま》く出来たように思う。

テーブルまで運ぶと、向かいの席に座るように言われた。

今はまだ他に客もいない。少しくらいなら構わないだろう。

お婆さんはサンドイッチを一切れ食べてから細長い煙草《タバコ》に火をつける。

「もったいないからね。一切れずつ時間をかけて食べるの」

「ありがとうございます」

「それと、こないだのも悪くなかった——いいとまでは言えないけれど、まずまず及第点と言ったところかしら」

「はあ」

こないだの卵サンドは何か失敗していたのだろうか？

「でもやっぱり追い詰めすぎだわね。結局ナイフを出して暴れさせた——説教したくなる気持ちはわかるけど、加減てものを知る必要がある。交渉屋としちゃまだまだだわ」

俺が四日市《よっかいち》の方を見ると、困ったような表情を浮かべて、

「——きちんと自己紹介した方がいいと思いますよ」

と言った。

「それもそうね。ついからかっちゃったわ」

お婆さんは煙草《タバコ》を灰皿に押し付け手袋を外す。

「お久しぶり。この店のオーナーで、組合長をしている。アバラというものだ」

と言ってこちらへ手を差し出した。

「え」

四日市を見る。頷《うなず》いている。

紙魚子《しみこ》を見る。頷いている。

お婆さんを見る。口の端を上げている。

「えええええええええええええっ!?」

俺はひとしきり驚いてからようやくその手を掴《つか》んで握手をして、

「えええええ?????」

と、もう一度驚いた。

「……もういいか?」

アバラは笑顔のまま握手を解いた。

「あ、はい。驚き終わりました」

「鉄火《てつか》から聞いたと思うが、初めは、君が半画《はんが》の仲間かなんかなんじゃないかと疑ったんだ。それで、君を監禁する必要があった。まあ、その疑いは少し調べてすぐに違うとわかったんだが、その後に君が面白い事を言い始めた。自分の葬式代を稼ぐ、と。さらに、そのために雇え、というじゃないか。こいつはひょっとしたら面白い事になるかも知れん——そう考えて、どうして半画に小銭を渡したのかを尋ねさせた。君はなんと言ったっけ?」

「……他の誰かを傷つけて奪ったりしないように」

「そう。中々に想像力が働く奴《やつ》じゃないか、と思った。度胸もある。おまけに食事も悪くない。これはもしかするとモノになるかもしれない、そう考えてしばらく様子を見てみる事にした。料理の腕を確かめる必要もあったしな」

なるほど。それで正体を隠していたわけか。

「途中まではそう悪くなかったんだが——ミスをしたな」

「追い込みすぎました」

「そう。まだプロじゃない。だから、中途半端な覚悟と度胸しかない奴《やつ》だったら、もうこれでさよならでもいいだろう、と思っていたんだが——戻って来たな」

「顎《あご》の下のタトゥーを見てしまった瞬間、自分だけそこにいないわけにはいかないだろう、と思いました」

「それで、結果、多少の被害で済ませてみせた。まあその後の始末は、先程言った通り、あの馬鹿がナイフ出して暴れさえしなけりゃ、合格点だったんだが——まあそれはおいおいでいいだろう。ちょうど、ウチにも交渉屋が欲しいと思っていたところなんだ」

「交渉屋」

「今までその役割は四日市《よっかいち》が担《にな》っていたんだが、いかんせんこいつは、営業時間しか稼動しない。半分しか役にたたん」

「私の仕事はコーヒーを淹《い》れることですから」

「その話はまた来世で。というわけで高柳《たかやなぎ》迅太《はやた》くん」

「は、はい」

「君にその気がありさえすれば、準組合員——紙魚子《しみこ》と同じだな——として、君を正式に雇ってもいいと考えたんだが、どうする?」

アバラはそう言って、小さなハンドバッグから分厚い封筒二つを取り出し、テーブルに置いた。さらにその上に、真新しいカードを乗せる。

「これは」

「君が稼いだ六百万と、カードキーだ。受け取るなら契約。受け取らないなら、これでさようなら。君のここ一月くらいの記憶はなくなり、気付いたらアパートの中だよ」

「ええと」

「選びたまえ。君には、自分の人生を選択する権利とチャンスがある」

　――俺は、

＊＊＊

　コートを羽織った俺は、五月に入ったばかりの午後の街を歩いていた。

　行きかう人々の顔を見ながら、それぞれの人生があることを微笑《ほほえ》ましく思う。できるだけ全員に、どうか幸あって欲しいし、間違った選択をしないで欲しい、と願う。

　それが例え間違っていたとしても、きちんとその事に自分自身で折り合いがつけられるように、向き合って欲しい。

あの人のように——。

その人物は、花屋の店先にいた。

「すみません」

声をかけると、こちらへ振り返る。

「いらっしゃいませ、贈り物ですか?」

「そうなんです。大事な人に花を贈りたくて」

「いいことですね。その方は、どんな花がお好きなんでしょう?」

「ちょっとわからなくて……その方は、店員さんの大事な人は、何がお好きなんですか?」

「そうですね……ちなみに、白い花が好きだったかな。今だと、スズランがいいかもしれません」

「じゃあ、スズランをまとめてくれますか?」

「わかりました」

やがて綺麗《きれい》にまとめられたスズランの花束を渡され、料金を支払った。

「じゃあこの花を——店員さんの大事な人に渡して下さい」

と、再び手渡した。

「え?　いや、どういうことですか?」

「その方へ、俺からの贈り物です」

「いや、待ってください、その人は、もうこの世にいなくて」

「はい。知っています」

「すみません……僕、頭を打ったらしくて……ここ最近の記憶がなくて……ひょっとして、その間に僕と関わりのあった人ですか?」

栗原《くりはら》は、泣き出しそうな表情を浮かべ困惑していた。

「そうです。そしてそれは、あなたのお金です。それを渡したくて来ました。受け取ってください。では」

分厚い封筒を、花束の中に入れておいた。

「え?　なんですかこれ?　ちょっと、どうして」

栗原は戸惑っていたが、俺は店を出た。

ビルの壁にもたれかかって、スカジャンを羽織った鉄火《てつか》が待っていた。

「もらっときゃよかったのに」

「あの三百万は、栗原の処理代だ。彼が受け取るべきだよ」

「まあね」

「急ごう、帰りの便までもうすぐだ」

俺と鉄火は、栗原の実家のある札幌の街を出て空港へと向かう。

「北海道料理を食べる暇もないなんて……」

「日帰りだから仕方ない。自己満足なのはわかってるけど、俺がどうしても自分で、渡したかったんだ。付き合わせて悪かったな」

「別にいいけど。仕方ないじゃない。私はあんたの監視役なんだから。飛行機代だって出してもらってるし」

「店に帰ったらなんか作るから」

「それで手を打つわ。条件。北海道名物より美味《おい》しいものにすること」

「ハードルが高すぎる！　空港でなんか食べる時間あるかもだぞ」

「急いで食べたって美味しくないもの。あんたのメニューの方がいいわ」

「……本当にメニューの一番上から食べてくつもりなのかよ」

「言ったでしょ。あと、メニュー増やしなさいよ。オムライスとかステーキとかジンギスカンとか」

「レストランに近づいていくぞ。また四日市《よっかいち》さんが嘆く」

「嘆かせときゃいいのよ、別に。あ、あと」

「なんだ？」

「……わ、私は、プルメリアが好きかな」

「は？　それ何料理だ？　……聞いたことがないな」

「でしょうねえ！」

「……何で急に不機嫌になるんだ」

「なってないし！」

＊＊＊

暗くなり始めた頃、小金井市《こがねいし》に戻った。

店に戻りながら俺は、道を行きかう同い年くらいの高校生が増えてきた事に気付く。

「ああ、ちょうど今下校時間か」

確か、俺の通ってるはずだった学校も、この辺りだった気がする。なんだか懐かしい。

女生徒のグループとすれ違う。

ん？　今の制服。

見覚えがあった。

よく見ると、他の生徒も皆同じ制服を着ている。

「あれって」

「なによ」

「鉄火《てっか》の制服とよく似ていないか？」

「……似ているどころか、同じなのよ」

「本当だっ！　スカジャンのイメージが強すぎて下の制服のデザインにあまり注意してなかっ

た……」

角を曲がると正面に校門が見えた。

鉄火《てっか》と同じ制服を着た女生徒たちが、校門から大勢と出て来る。

「おお、ここが鉄火の高校か……ん？」

その校門には見覚えがあった。

というか。

ちょっと待って。

「……入学式した所じゃん」

そして既に半月以上も無断欠席してる、我が高校じゃん。

そういえばそろそろ、じいちゃんとばあちゃんとこに、学校側から何らかの連絡がいくのでは無いだろうか。ああ、なんて言い訳すれば――。

「あれ？　ちょっと待って、てことは」

「急ぐんじゃないの？　先行くわよ」

「えええ、同じ学校なの？」

鉄火は答えずに先を歩いていく。

俺は思い出す。

――次に会うことがあったら、今度はメニューの一番上から順に作ってもらうわ

――会うことがあればな
――きっとあるわ
知っていたのか。
この先、鉄火と共に高校生活を送り、夕方からは喫茶店でバイトする――そんな風景が、
一瞬だけ浮かんだ。
それはとても楽しいだろうが――トラブルが増えるだけか……。
しかし、それも俺の選択なのだ。受け入れよう。

俺はもう一度、その校舎を振り返って眺める。
その校舎からは、明るく穏やかな笑い声が溢《あふ》れていた。
それぞれが、心落ち着ける場所を見つけていければ、良いと思う。
そして、できることなら、喫茶・エピタフに足を運ぶ事のない人生を。
「早くしなさいよ、迅太《はやた》」
鉄火が笑っていた。
俺は校舎に背を向け、真っすぐに歩き出した。

あとがき

みなさんこんにちは。もしくはこんばんは。この本を書いた竹内佑《たけうちゆう》です。

昔からマフィアとかギャングとかが出てくる映画が好きで、更に言えば彼らがレストランを経営しているシーンが大好きで、いつかそれを小説にしてみたいと思っておりました。

それで今回の企画書が立ち上がるわけですが、「もう少しラノベらしくしよう」と頭を使った結果、当初はいわゆる「異世界もの」として進められていました。

ですが担当の小山《こやま》さんの「異世界である必要なくないですか」の一言で、「それもそうか」と考え直し、「裏稼業・殺し屋の可愛い女の子たちが集まる喫茶店」というコンセプトになっていきます。

このように、担当編集者と打ち合わせをするとすごくためになる、という気付きが得られることがわかります。みなさんも積極的に人と関わりを持っていきましょう。

その他にも、自分の好きないろいろな映画や小説、漫画などの要素がごった煮にされております。読んでくださった方が「これはきっとあれだな」と思ったのなら、それが正解で間違いないと思います。どんどんと正解していきましょう。

近況を報告しますと、最近自炊を始めることにしまして、この本の中に出てくる簡素なレシピは実際に作ったものですが、本当のことというと最近は「沖縄そばの出汁」にすごくハマっていて、インターネットで出汁だけを注文し、あらゆるものにそれを投入してなんでもかんでも沖縄そばの味にしてしまう、という状況なのですが、それを主人公が始めると「おかしくなった」と思われるのでそれは自重しました。もし、様々な要素が噛《か》み合わさった事により、次巻が出ることがあれば、主人公がそんなふうになる瞬間が描かれるかもしれません。

では謝辞となりましたのでいよいよ苦手なあとがきも終りが近づいてまいりました。

イセ川《がわ》ヤスタカ様。素晴らしいイラストをありがとうございました。送られてきたカラーイラストを携帯の待受にすることは作者の特権だと思っております。しました。

小山さん。最適なアドバイスをありがとうございました。今回に懲《こ》りず今後もよろしくしてくださると助かります。

読者のみなさん。みなさんが存在してくださることにより作家は呼吸ができます。本当にありがとうございます。この本も楽しんでいただけたのであれば幸いです。

ではまた。よろしくどうぞ。

ガガガ文庫10月刊

俺、ツインテールになります。16

著／水沢《みずさわ》 夢《ゆめ》

イラスト／春日《かすが》 歩《あゆむ》

「あなたはもうすぐ死ぬ」 —— 死の宣告を受けたトゥアール。 心を強く持つよう献身的に彼女を支える仲間たち。だが、その時は刻一刻と近づいていた……。運命に翻弄され続けた少女の復讐の旅、ここに終着。

ISBN978-4-09-451754-5 (ガみ7-21)　定価:本体611円+税

黒川さんに悪役《ヒール》は似合わない

著／ハマ カズシ

イラスト／おっweee《うえええ》

真面目が売りの少年が、生徒会長を目指す少女に学園の悪事を押しつけられる!?　少年が悪事を働き、少女がそれをこらしめる。支持率アップ間違いなし！　学園の規律を守るため、正義のマッチポンプが狼煙を上げる！

ISBN978-4-09-451756-9 (ガは6-4)　定価:本体593円+税

弱キャラ友崎くん Lv.6.5

著／屋久《やく》ユウキ

イラスト／フライ

日南、菊池さん、みみみ、優鈴 ——。あの日の彼女たちの想いを綴る、初の短編集が登場！　6巻と7巻の間をつなぐ、あの子の気持ちも……？　「友崎くん」の世界がさらに色づく第6.5巻、登場！

ISBN978-4-09-451757-6 (ガや2-7)　定価:本体611円+税

前略、殺し屋カフェで働くことになりました。

著／竹内《たけうち》 佑《ゆう》

イラスト／イセ川《がわ》ヤスタカ

少年は夜の街で見てはいけないものを見て、拉致されて、目が覚めると喫茶店にいた。そこには殺し屋を名乗る少女たちがいて？　少年はウェイターとして働くことを条件に、始末されるまでの時間を稼ごうとするが……。

ISBN978-4-09-451758-3 (ガた3-5)　定価:本体593円+税

NG《ダメ》な彼女。は推せますか?

著／海津《かいづ》ゆたか

イラスト／前屋《まえや》 進《すすむ》

「俺の理想のアイドルになってくれ！」「え、NGですぅ……!」拓人が運命の出会いを果たした一花は、ダメで残念な地味っ子だった!?　最強ドルオタが冴えない彼女をプロデュースする、アイドル育成系ラブコメ開演☆

ISBN978-4-09-451755-2 (ガか11-2)　定価:本体593円+税

ピンポンラバー2

著／谷山走太《たにやまそうた》

イラスト／みっつばー

学園ランキング一位の男が海外遠征から凱旋。時を同じくして、中国卓球界の新星「夢幻の天女」が来日する。それは大いなる波乱の幕開けだった ——。さらなる強い奴らの登場で物語は灼熱の領域へ！

ISBN978-4-09-451759-0 (ガた8-2)　定価:本体611円+税

魔法少女さんだいめっ☆2

著／栗ノ原草介《くりのはらそうすけ》

イラスト／風《かぜ》の子《こ》

廃園寸前のおんぼろ遊園地、魔法少女ランド。その再建を満咲に頼み込まれたハルは、魔法少女と悪魔のヒーローショーを思いつく。散華に協力を仰ぐのだが……？　マジカル☆夢追いラブコメ、第2巻！

ISBN978-4-09-451760-6 (ガく2-2)　定価:本体593円+税

クズ××と天使の二周目生活
セカンドライフ
Kuzu to Tenshi no Second life
大法全書
Tenshin Mukai
天津 向
Illust. うかみ
GAGAGA

GAGAGA

ガガガ文庫

前略、殺し屋カフェで働くことになりました。

竹内 佑

発行　2018年10月23日　初版第1刷発行

発行人　立川義剛

編集人　星野博規

編集　小山玲央

発行所　株式会社小学館
〒101-8001 東京都千代田区一ツ橋2-3-1
［編集］03-3230-9343　［販売］03-5281-3556

カバー印刷　株式会社美松堂

印刷・製本　図書印刷株式会社

Printed in Japan　ISBN978-4-09-451758-3

第14回小学館ライトノベル大賞
応募要項!!!!!!!!!!!!!!!!!!!!!!!!!!!!

ゲスト審査員は若木民喜先生!!!!

大賞：200万円＆デビュー確約
ガガガ賞：100万円＆デビュー確約
優秀賞：50万円＆デビュー確約
審査員特別賞：50万円＆デビュー確約

第一次審査通過者全員に、評価シート&寸評をお送りします

内容 ビジュアルが付くことを意識した、エンターテインメント小説であること。ファンタジー、ミステリー、恋愛、ＳＦなどジャンルは不問。商業的に未発表作品であること。
（同人誌や営利目的でない個人のWEB上での作品掲載は可。その場合は同人誌名またはサイト名を明記のこと）

選考 ガガガ文庫編集部＋ゲスト審査員・若木民喜

資格 プロ・アマ・年齢不問

原稿枚数 ワープロ原稿の規定書式【１枚に42字×34行、縦書きで印刷のこと】で、70～150枚。
※手書き原稿での応募は不可。

応募方法 次の3点を番号順に重ね合わせ、右上をクリップ等で綴じて送ってください。
① 作品タイトル、原稿枚数、郵便番号、住所、氏名（本名、ペンネーム使用の場合はペンネームも併記）、年齢、略歴、電話番号の順に明記した紙
② 800字以内であらすじ
③ 応募作品（必ずページ順に番号をふること）

応募先 〒101-8001 東京都千代田区一ツ橋 2-3-1
小学館　第四コミック局　ライトノベル大賞係

Webでの応募　GAGAGA WIREの小学館ライトノベル大賞ページから専用の作品投稿フォームにアクセス、必要情報を入力の上、ご応募ください。
※データ形式は、テキスト（txt）、ワード（doc、docx）のみとなります。
※Webと郵送で同一作品の応募はしないようにしてください。
※同一回の応募において、改稿版を含め同じ作品は一度しか投稿できません。よく推敲の上、アップロードください。

締め切り 2019年9月末日（当日消印有効）
※Web投稿は日付変更までにアップロード完了。

発表 2020年3月刊『ガ報』、及びガガガ文庫公式WEBサイトGAGAGAWIREにて

注意 ○応募作品は返却致しません。○選考に関するお問い合わせには応じられません。○二重投稿作品はいっさい受け付けません。○受賞作品の出版権及び映像化、コミック化、ゲーム化などの二次使用権はすべて小学館に帰属します。別途、規定の印税をお支払いいたします。○応募された方の個人情報は、本大賞以外の目的に利用することはありません。○事故防止の観点から、追跡サービス等が可能な配送方法を利用されることをおすすめします。○作品を複数応募する場合は、一作品ごとに別々の封筒に入れてご応募ください。